THE END OF THE CHINESE 'MIDDLE AGES' : ESSAYS
IN MID-TANG LITERARY CULTURE by Stephen Owen was
originally published in English by Stanford University Press.
Copyright ©1996 By the Board of Trustees of the Leland Stanford
Junior University.
All Rights Reserved.
This Translation is published by Arrangement with Stanford
University Press, www. sup. org

Stephen Owen

宇文所安作品系列

The End of
the Chinese "Middle Ages"
Essays in Mid-Tang Literary Culture

中国"中世纪"的终结

中唐文学文化论集

〔美〕宇文所安 著

陈引驰 陈 磊 译

田晓菲 校

生活·讀書·新知 三联书店

Simplified Chinese Copyright © 2014 by SDX Joint Publishing Company.
All Rights Reserved.

本作品中文简体版权由生活·读书·新知三联书店所有。
未经许可，不得翻印。

图书在版编目（CIP）数据

中国"中世纪"的终结：中唐文学文化论集 /（美）宇文所安著；陈引驰，陈磊译.—北京：生活·读书·新知三联书店，2014.3（2022.5 重印）
（宇文所安作品系列）
ISBN 978-7-108-04808-0

Ⅰ.①中… Ⅱ.①宇…②陈…③陈… Ⅲ.①中国文学－古典文学研究－唐代 Ⅳ.① I206.2

中国版本图书馆 CIP 数据核字（2013）第 274111 号

责任编辑	冯金红
装帧设计	蔡立国
责任印制	董 欢
出版发行	生活·讀書·新知 三联书店
	（北京市东城区美术馆东街 22 号 100010）
网　址	www.sdxjpc.com
经　销	新华书店
印　刷	三河市天润建兴印务有限公司
版　次	2014 年 3 月北京第 1 版
	2022 年 5 月北京第 3 次印刷
开　本	880 毫米 × 1230 毫米　1/32　印张 5.375
字　数	115 千字
印　数	08,001 - 11,000 册
定　价	58.00 元

（印装查询：01064002715；邮购查询：01084010542）

目 录

三联版前言　*1*

导论　*1*
特性与独占　*11*
自然景观的解读　*31*
诠释　*49*
机智与私人生活　*70*
九世纪初期诗歌与写作之观念　*91*
浪漫传奇　*109*
《莺莺传》：抵牾的诠释　*128*

附录 *151*

后园居诗 *153*

霍小玉传 *154*

莺莺传 *160*

译后记 *166*

三联版前言

宇文所安

在本书的标题中,"中世纪"这一称谓是加了引号的。引号的作用是提醒读者:中国的"中世纪"和欧洲意义上的中世纪(the Middle Ages)不同,用"中世纪"来描述中唐可以说是老子所谓的"强名"。

我使用一个欧洲的词语,是为了唤起一种联想:欧洲从中世纪进入文艺复兴时期,和中国从唐到宋的转型,其转化有很多相似之处,也存在深刻的差别。对英语读者来说,使用"中世纪"的称谓提供了一个很好的切入点,我们可以从此开始,讨论八九世纪之交,也就是在唐贞元、元和年间,初次产生的重大变化。

"中世纪"这一称谓对英语读者来说是个有用的切入点,因为它听起来很熟悉;那么,它对中国读者来说也是个有用的切入点,因为它的新奇。书的英文标题有两个"中"字:"中唐"把这一历史时期放在一个在文学和文化史研究中十分熟悉的范畴(也即唐朝)里面;而"中世纪"则要求读者以一种不同的方式思考这一历史阶段。当我们改变文学史分期的语境,熟悉的文本也会带上新的重要性,我们也会注意到我们原本忽视了的东西。

我不是说我们可以任意划分历史阶段;我希望指出的是,存在着不同的方式(同等有效的方式)来理解一个历史时期。用朝代的模式来思考文学和文化史当然是可以的,但这一模式已经成为家常便饭。有时候,我们只能看到博物馆里的雕像的正面;我们可以看很长时间,可以看很多遍,直到我们认为我们已经非常了解这一雕像了。但是,假使我们换一个角度——这一角度可能是很不舒服的,不是博物馆的工作人员所设计和期待的,但是,从这一角度,我们却会看到我们以前从未注意到的因素。我们感到惊异和兴奋。假设在这个时候,一位艺术史家向我们解释说,雕像曾经放置在一座庙宇之内,善男信女们在进入庙宇时只能从某一特定的侧面看到雕像,而不能很容易地看到雕像的正面,这时,我们就会意识到:我们已经看习惯的雕像,在很大程度上不过是由博物馆陈列展品的惯例所产生的一种特定形象,如此而已。

按照朝代进行分期的文学史,是文学中的博物馆形式。我们已经拜访了很多这样的博物馆,它们是我们整理阅读经验的熟悉模式。这种理解模式并不算坏,但是只有从一个陌生的角度进行观察,我们才能看到新东西。

学者应该大量阅读,然后思考所阅读的材料。这是"学者"最简单的定义。学者和任何读者一样,有对文学作品作出个人化反馈的能力。但是,学者进行评论的权利是通过广泛的阅读和思考赢得的。如果学者发现某种现象很新奇,这位学者必须追根究底,问一个为什么。

中唐总是给我带来惊讶。在中唐之前,当然也有许多新鲜而激动人心的东西,不过,往往要把它们放在一个可以追溯到东汉的传统中进行理解。如果杜甫是个例外的话,那么我们要记得,杜甫也是由于中唐文人对他的欣赏才获得其重要地位的。中唐的主要文人就宇宙万物、社会、文化等提出问题的频繁度和激切的程度,可以说是前所未见的。同时,他们也总是游离和游戏于常规的反应和答案。当然,我们总是可以找到一些先例,但是,如果我们按照历史顺序阅读唐代文学,中唐是让人吃惊的。在这一时期,人们和过去的关系改变了;以往通过重复建立权威的文化,现在由一个通过发问建立权威的文化代替了。

比如说中唐的传奇小说《任氏传》,是以一个传统的"狐狸精故事"开头的。这样的故事应该在郑生发现自己迷恋的女子原来是狐狸的时候结束。但是,郑生没有扮演这样的传统角色,相反,他告诉任氏,他不在乎她是异物,还是一如既往地爱她。只有在超越了标准的"狐狸精故事"时,小说才变得真正有意思起来,而我们也从此进入了一个新的文化世界。

《任氏传》是中唐文化的典型产物。在中唐,有一种智识上的骚动不安,一种人性的骚动不安,人们不再满足于旧有的答案。譬如说韩愈,"文学史博物馆"里的一座典型的"雕像",当我们从这样一个新的角度看待他,就会发现他不再是儒家价值观念的虔诚代言人,而是一个非常不安于传统的思想家,一个不得其平而鸣的人物。

盛唐文学仍然代表了唐代文学的典范,但是我们应该记得,是中唐首次把盛唐变成了这样的典范。中唐以盛唐为基准和思想背景,来理解自己的知性文化。我们不能脱离中唐来孤立地看待盛唐。

这里需要提到,这些文章所没有涉及到的一个方面,是十一世纪后期商业印刷的发展。这是定义中国"中世纪"的终结以及衡量中国文学文化之重大转折的另一种方式。这一变化也是在中唐初见端倪的。

最后，我希望在此对三联的冯金红编辑表示谢意，是她不懈的努力使这本书终于和中国读者见面。我也衷心感谢书的译者陈引驰教授和陈磊为翻译这本书付出的大量心血，并感谢田晓菲从她繁忙的工作当中抽出时间对全书进行校对，以保证把原书中有些相当困难的段落清晰地传达给中国读者。

2005 年 12 月

导 论

这部论文集的问世,已是在我上一部讨论盛唐的唐诗史的写作十五年之后了。在这期间我常被问起是否有意在继《初唐诗》和《盛唐诗》的写作之后,再出一部中唐诗歌史。收在这部集子里的论文,也可以说是部分地回答了这个问题,而告之以写作这样一部中唐诗史之不可能性。

这里的论文是具有文学史性质的,然而它们本身却不能构成一部文学史。它们不是要描述一个变化的过程,或是给出一幅大小作家的全景图,而是要透过不同类型的文本和文体来探讨一系列相互关联的问题。这些具体的问题就其本身的性质而言与文化史或社会史等更大的领域息息相关。在一个层面上,这里所讨论的文本本身就是文化史的一部分:对于占有或领属权的公开描述,对于微型园林的夸大而富于谐趣的诠释,以及有关男女间风流韵事的讨论,本身就是具有社会性的行为表现,而它们所体现的价值也必定是在某种程度上为传抄这些文本的读者对象所认同的。而在另一个层面上,这些话语现象是如何与更具体的社会实践活动相联结的——如土地所有权的模式、园林建构及纳妾制度——则不在本论文集的讨论范围之内。

称它作一部"中唐诗史"是不恰当的,因为从 791 年到 825

年这一期间的诗歌，较之于初唐和盛唐诗，更难以体裁分类。在风格上，在主题上，以及在处理的范式上，中唐诗远比盛唐诗纷繁复杂，而且其诗歌范围扩大与变化的方式与其他话语形式中发生的变化紧密相关。诗歌、古典传奇及非虚构性的散文享有共通的旨趣，这样的情形在初唐与盛唐则并不如此常见。可能也正是对中唐诗这一侧面的直觉印象才使得自十三世纪以降诸多有影响的批评家指责这一时期的诗歌较之于盛唐诗，少了一份"诗味"。然而中唐诗歌的广度，超越先前诗歌局限的态势，也恰好成为其长处。

现代文学理论在宣称文体的自成系统（每一话语形式都以其专擅而他种形式又不能替代为荣）与宣称某一时期所有文化再现样式都享有共同的历史渊源这两极之间摇摆。前者确信诗歌、小说或戏剧是相当独特的，它主要关注的是拓展其自身的文体潜能，回应其自身的文体发展历史。后者将所有同时代的话语形式都看成是分享着超越了文体形式的某种历史决定因素。[1]

文学理论要求我们在这些相互对立的可能性之间做出抉择，或是试图调和它们。这些可供选择的可能性被视作"研究门径"而不是存在于研究对象之中的历史差别。相反，从一种具有历史性的观点我们也许会说："有时候这一种占上风，有时候则那一种占上风。"在某些时期，纵览全局，呈现出强劲的文体系统；初唐与盛唐便大致是如此，于是在这种情形中"诗歌史"成为可

---

[1] 巴赫金有关小说的理论，是形成于有关诗歌特性的类似理论也产生了的这样一个背景，这是前者的很好的一个例证。"新历史主义"以及文化研究中所谓的新历史转向可以代表后者。

能。然而中唐诗打破了文体的统辖与局限。这样一些深刻地改变了中唐诗的关注在中唐作品中随处可见，而中唐诗的历史也不再仅仅属于诗歌。

第一篇论文，《特性与独占》，将中唐文学对身份的再现视作对他人或为他人所排斥。在个人身份的层面上，这样的一种特立独行可以表现为宣称自己优于他人，不过它也可以是一种异化感，而这种异化感造成了他人对自己的排斥。在中唐时代的作品中，特立独行表现为一种独特而易于辨识的风格，它可以为他人所袭用，但它却总是与一个个体作家挂钩。在那篇著名的《答李翊书》一文中，韩愈也同样将自己散文的境界趋于精纯的过程归结为摒除属于（或取悦于）他人的杂质。在群体身份的层面上，特立独行也以同样的形式表述出来，比如一个文学集团将自身与大的作家群体区分开来，又比如对韩愈而言，华夏文化的景观取决于对外来成分（佛教）的排除。这一类型的独特性在形式上与一种新的领属权话语相通，也就是说，二者都排斥他人的获得或占有。

接下去的一篇论文，《自然景观的解读》，讨论各种不同的再现风景的方式，显示自然的潜在秩序如何在中唐成为一个问题。一方面是文本对于自然的井然有序的表述和品评；这样的风景具有建筑性，这在先前的诗歌是罕见的。另一方面是对于缺乏潜在秩序的风景的再现，是美丽却不连贯的细节的堆砌。这就引发了柳宗元在一篇著名的散文中所提出来却悬而未决的问题：是否存在一个造物主，在大千世界种种现象的背后，是否存在目的与灵性。

这第二篇论文仅限于物理世界秩序的再现问题,然而同样的问题也在人伦世界的事件中生成。《诠释》这第三篇论文探讨中唐时代的一种倾向,它对现象所给出的推测性解释,要么就是与常识相乖违,要么就对通常认为无须解释的境况做出解释。如此独特的诠释,缺乏任何证据或文本章句的支撑,常常沾染上一层富于反讽甚或疯狂的意味。这样一来诠释便被看成了一种主观的行为,不是取决于有待诠释的现象,而是取决于诠释者的动机与处境。中唐时代对于这一新的、更具主观性的诠释的自觉意识,可以在白居易作于幼女夭折后自宽自慰的两首诗中窥见一斑:他知道他只是在自宽自解,他作为认识主体为满足其他动机而使用的道理不足以容纳感情现实。

主观诠释行为在纯粹游戏的层面实施时,便成为机智的戏谑。《机智与私人生活》审视对私人空间和闲暇活动的游戏性的夸大诠释,作为抗拒常规价值的一种私人价值观的话语。这样的价值和意义,游戏性地奉献给读者,属于诗人一个人,构成了一个有效的私人界域,迥异于中国道德和社会哲学的专横的一面,这一面甚至将个体的或家庭中的行为都纳入公众价值的一部分。举例来说,当五世纪的一位官吏辞官归田,成为一名隐士栖居在山林间时,这表面上是属于个人的抉择有可能被而且确实通常被理解为一项政治宣言;而当一位中唐诗人戏谑地声称自己在公事之余全身心地为松林或宠鹤所迷时,他那戏谑性的夸示已从公众和政治的意味中摆脱出来。当我们发现这个游戏世界通常和诗人的拥有物相关时,我们并不感到惊讶。这些文本糅合了领属权的问题、主观诠释以及对他人的拒斥,因为他人常规性的观点使他们无法看到诗人所采取的价值观。

诗人在他的微型园林里上演适意自娱的小戏，在诗中吟咏这样的时光，此刻他已经对有关诗歌是如何创作出来的假设做了重大修正：不是诗直接对经验做出回应，而是经验被策划，为了作诗而将空间做了规划经营。《九世纪初期诗歌与写作之观念》探讨中唐时期对写作，尤其是对诗歌写作进行再现时发生的某些根本性的变化。

在八世纪讨论技巧的诗学中我们已经发现了一种论调，承认在诱发诗兴的经验和诗歌的写作之间有一段间隔。诗歌创作与经验之间的关系被描绘成事情过后的重新回味。到了九世纪初期，原先所设定的诗外的经验与创作间的有机联络已不再是想当然的了。诗的基本材料是对句，被视作"意外的收获"；对句是由深思熟虑的匠心精雕细琢而成，镶嵌入诗。这样的诗歌创作观，不管在西方诗学史的架构中看来是多么的司空见惯，在一个将自然本色奉为圭臬，且原先是靠对经验的敏捷回应（如果不是完全的即兴）来保证的中国诗学系统内，它代表了一个重要的转型。到了九世纪，诗可以被视为某样被构筑出来的东西，而不是一种自然的表达，且诗中所再现的是艺术情境而不是经验世界的情景。这个在骨子里"富于诗意"的情境常被形容为"……外"或"不尽……"——语词或普通人感受到的意象是难以穷尽的。而在一段有关中唐诗人李贺作诗过程的脍炙人口的描绘中，我们又看到诗作为有待锻造和拥有之物，作为想象出来的而又是具体可感的构造，毫不逊色于微型园林：每日诗人骑驴而出，靠诗兴灵感偶得一联半句，记下来投入囊中；每晚倾囊而出，将其缀成诗篇。

最后两篇文章探讨八世纪晚期成形的新的浪漫文化。题名

《浪漫传奇》的文章以《机智与私人生活》中提出的问题为前提，探讨《霍小玉传》。这篇有关情爱和背叛的故事作为一个例证，显示了私性的价值观是如何试图为这份体验开辟一个空间，使得它免受外界社会的强制。与机智的诗人吟咏他的微型园林有所不同的是，定情不是纯粹的游戏；它的私性疆域难免会和社会之间产生抵牾，受到社会的干扰。然而这里我们清楚地看到了观众的存在，他们观摩、评判并最终介入显然是属于私生活的情爱故事。最终浪漫文化不是属于情人，而是属于阅读这些故事的社群，而且在他们当中得到文字表现。在浪漫故事中，我们看到这样的一个社群，虽说这一社群明显是由属于公众社会价值世界的人们所组成，却支持浪漫爱情的私性价值。

《〈莺莺传〉：抵牾的诠释》探讨的对象是所有唐传奇中最著名的一篇。女主角莺莺和她的情人张生是姻戚，本可以明媒正娶，却卷入了中唐时期炽烈而犯禁的浪漫文化，其结局正如大多数浪漫故事那样，以莺莺遭张生遗弃而告终。男女情人都是一名诠释者，试图将叙说的故事遵循他或她自己的意向来引导，且每一位都要求观众站在对他或她有利的立场上来评判。可是两位情人对于事件的诠释相互抵消，于是我们所面对的是唐代叙事文中这样一幅独特的情景，其中公众的评判成为夙求的对象，然而却又没有固定的评判。情爱故事又再度纳入社群的框架中，社群制造流言，就这段风流韵事创作诗篇，并忖度该如何评判张生的行为。

中唐既是中国文学中一个独一无二的时刻，又是一个新开端。自宋以降所滋生出来的诸多现象，都是在中唐崭露头角的。在许多方面，中唐作家在精神志趣上接近两百年后的宋代大思想家,而不是仅数十年前的盛唐诗人。以特立独行的诠释而自恃,而非对于传统知识的重述,贯穿于此后的思想文化。[1]对于壶中天地和小型私家空间的迷恋而做机智戏谑的诠释,成了在宋代定形的以闲暇为特征的私人文化复合体的基础。[2]浪漫文化不但继续流传,而且唐代浪漫爱情故事不断地被复述和扩充,而后代的作家还在试图处理浪漫文化所提出来的问题。当宋代大作家苏轼观赏一幅美丽的风景画时,他的反应不是寻访该地实景去直接体验一番;在《书王定国所藏烟江叠嶂图》一诗中,具有审美意味的田园牧歌变成了想象中的购买:

不知人间何处有此境,径欲往买二顷田。

作家以大小巨细各种方式宣称他们对一系列对象和活动的领属权:我的田地,我的风格,我的诠释,我的园林,我所钟爱的情人。

像中唐这样的时代应当有确切系年的界定。这里的论文所集中讨论的大多是791年至825年间的作品,尽管也有先前和此后的作品收罗在内的。我们知道时代实际上是没有清晰边线的模糊中心,然而我们要划定疆界,要排拒不受保护的空间这样一种地缘习性,本能性地转化为我们为历史绘制的地缘图。要讲述好一

---

[1] 对经典诠释的机械重复仍然是传统的组成部分,然而它不再像产生新诠释那样受到重视。
[2] 这里"私人文化"不是说它仅属于个人。如若不是与一群知音朋友共享的话,那它便通过出版来寻求知音的赏识。不过,这一活动的领域,非但不同于国家政体对个人的要求,也和家庭对个人的现实主义要求背道而驰。

个历史"故事",我们至少需要一个开端。

任何有关中唐的描述都追溯到韩愈这位讲故事的能手,他的文学和文化史叙述造就了所有后来的叙述。[1]韩愈最著名的文化史叙述集中在韩愈自己身上,作为儒学复兴运动的前锋,他的致力于道德的文章,即"古文",旨在成为承担儒学价值复兴的载体。为了在一个关于"开端"的叙事里给韩愈的叙述定位,就让我们把中唐确定为从791—792年开始,在此期间韩愈、孟郊、李观及其他一些书生汇聚在长安,赶赴进士考试。韩愈和李观792年进士及第。另外两位重要的中唐作家,柳宗元和刘禹锡于翌年及第。

如若我们将此视作中唐的"开端"的话,这并非出于对韩愈的权威性的过分尊重,而是鉴于他对于一个重要文化时刻的卓绝的策划最终成为促成变革的强劲的原动力。我说"最终"是因为,即便韩愈有再大的雄心,他也无从知道他自己会是一个叫作什么"中唐"的开端,或这一事件意味着什么。开端只有在事后的反省当中才会呈现出它的全部意义;你首先必须知道所开始的究竟是什么。尽管年龄差异悬殊——孟郊生于751年,李贺生于790年——然而此后三十五年文人社团的形成,构成了非常独特的一代,这在此前三十五年的作家群中是看不到的。

中唐文学所显示的深刻变化和韩愈对历史延续性的重大扬弃同时发生:韩愈声称他自己和他那个时代是华夏文化的转折点,

---

[1]"中唐"作为一个文学批评术语,始于明初,最初是用来指始于安禄山叛乱(八世纪五十年代后期)或杜甫之死(770年)的诗歌史;也就是说,"中唐"的开端在何处取决于文学史家如何来结束"盛唐"。然而树立起以李白和杜甫为核心的盛唐诗的形象,则要归功于韩愈及其他中唐作家的创造。

跨越上千年直接赓续自孟子以降便已废弛的儒学传统。[1]不管这一声称在儒学史上有多么重要，这样一种自封的与往昔的关系在形式上体现了与众多传统的新关系。对属于变化创新的一代人的自觉意识，带来了各式各样的新变和新兴趣，已不是振兴儒学文化的初衷所能够包罗了的。

在七世纪九十年代初会集长安的年轻人，表达了紧迫感和危机感，主张必须做出一番事业来振兴文学，并通过振兴文学来复兴文化价值。这些书生慷慨地赞颂彼此的作品，并深信他们能为千疮百孔的苍茫大地找到良方。韩愈、孟郊及李观的复古主题和道德紧迫感并不代表整个中唐；事实上他们只是复杂整体的一小部分。他们的意义似乎正在于打造一代新人、宣告变革和划分历史时代这一行为本身。

许多人试图说明是政治和社会环境的独特性导致了这些作家的紧迫意识。这样一个因果律论点的问题是，唐代还有远比这更糟的政治和社会环境，却没有激发起作家同样的迫切感。无论是武则天的改朝换代，她死后王朝的腐化，安禄山叛乱的浩劫，还是自此后一个半世纪的朝廷的风雨飘摇，都未能激发起作家这样的危机感（只有少数例外，杜甫是其中之一）。我们可以说韩愈及其朋伴感受到了当时的紧迫性，然而这并没有告诉我们为什么他们在那个特定的年代走到了一起。

比较明智的做法是给出历史背景而不是因果解释。德宗临朝的初期（780—804）似乎别有一番幻灭感。这一朝起初在平叛后

---

[1] 显然，与之遥相呼应的是欧洲史上的宗教改革运动，改革者声称跨越了千年相延的天主教传统，重拾并赓续早期教会的"真正的"基督教。

的废墟上显露出重振中央政府权威的生机。这线生机很快随着德宗于783年在节度使手中遭受的羞辱而宣告破灭。德宗的雄心受到打击，他成了一个没有什么吸引力的帝王，而道士李泌及其后任窦申的内阁，对于解决朝廷的财政和政治危机一筹莫展。792年，著名的政治家陆贽出任宰相，似乎暂时又有了一线转机。

　　古代中国不乏政治和经济上的现实主义者，然而操纵历史叙述的史官向来对他们的著作不感兴趣。传统的知识分子，尤其是在唐代，倾向于将政治、社会和经济危机视作文化危机的症候，而文化危机通常被认为是语言和文章的危机。虽说这并非德宗朝所绝无仅有的，在那段期间确实存在着帝王话语权威的贬值，比方说，帝王话语巧妙地被陆贽操纵使用，通过斡旋使王朝在783年得以苟延残喘。在皇家足以凭恃的权力货币（军队和现金）匮乏时，陆贽便挥霍起帝国象征系统的货币来。他出卖头衔及可以说是王朝的前途——薪水及特权，而这些本来只能是通过王朝的安定来实现。对于那些恪守孔子"正名"古训的人来说，这段时期简直就是梦魇，到处靠鬻售空头衔虚爵位来安抚豪强势力，并在要挟之下默许地方官吏的任命世袭化。我们要记住贬值的权力通货这一僵死的隐喻：当时产生了语言的通货膨胀。儒家借以治国平天下的"言文"变成了空文。

　　中唐的嬗变是在感受到语言和文章危机这样的背景下发生的。对于这一危机的回应各式各样却彼此相关，由一些在当时反复出现的、在下面论文中将要讨论的话题贯穿起来。也许关于文明史进程中这样一些时刻，我们所能说的最多是"什么事情发生过了"。历史事件总是要比我们所能叙说的要浩瀚广袤得多。然而有限的叙述也是我们贴近这更纷繁复杂的现象的唯一可行的途径。

特性与独占

中国古代文明的最显著的特征之一,是假设文章与政治或社会秩序之间存在着密切的关系。中古时期有关这一假设命题的阐述,远远超出了儒家核心原则"正名"本身,即言辞之得体确保了社会和道德规范之得体。对这重关系的一种天真说法便是简单的反映论——文章(representations)"反映"了政治和社会秩序。这样一个理论命题容许在具体的反映对象以及反映模式上面存在种种巨大的理论差异,它远非中国所独有,且至今仍然活跃在我们中间。还有一种说法,虽然也并非为中国所独有,不过它在中国传统中却有特殊的分量:这样的命题便是好文章能够或者应当改变政治和社会秩序。著名的现代小说作家鲁迅为拯救中国而弃医从文,原因就在于此。

以韩愈(768—824)为首的文学集团所倡导的"复古"文学价值所显示出来的紧迫感,便是基于这一假设。白居易(772—846)及其盟友所倡导的新乐府,虽然方式不同,也有赖于同一假设。对道德问题及其社会影响的明确表现,会唤起并强化读者内在的道德感,移风易俗,教化人心。

在任何文字表现系统的内部,一种立场的出现,总是伴随着其他立场，而作者表现某一立场时的紧迫感，会将这个立场与其特殊的对立面缠结在一起。[1]在韩愈和白居易集团的作品中对文章的道德功用的确认，是和一个更为重要的反例联系在一起的。这里，我们发现了我相信是头一回被如此大书特书的命题，即"好"作家（究竟是指德性上的"好"，还是纯粹文学意义上的"好"，这里有一点含混）必然会为社会所忽视，甚至主动地抛弃。

在比较温和的说法里，正如在白居易的《读张籍古乐府》中那样，好作家只是不为世人赏识而终老于孤芳自赏。而在极端的说法中，如孟郊（751—814）反复告诉我们的那样，"好"作品只会招来他人的敌视，最终毁了作家：

本望文字达，今因文字穷。

"穷"，在穷困之外，还有穷途末路、孤立无援之意。在孟郊一首更偏激的诗《懊恼》中，一个原本用来表示在阅读时思考回味的常见词"咀嚼"，与文人间相互倾轧的"吃人"行径别扭地联结在了一起：

恶诗皆得官，好诗空抱山。

---

[1] 请注意我在这里指明了是"特殊"的对立面。任何一个立场观点，当它在一定的抽象层面上提出来时，都会有可能与很多种潜在的对立立场联在一起。任何一个立场，都是通过与它相缠结的对立面或反例，来表现出自己的倾向并得到界定。当然每一个反例，本身也是一个立场，对于它而言，第一个立场也是一个可能的反例。

> 抱山冷殑殑，终日悲颜颜。
> 好诗更相嫉，剑戟生牙关。
> 前贤死已久，犹在咀嚼间。
> 以我残杪身，清峭养高闲。
> 求闲未得闲，众诮瞋麒麟。

二百年的文坛盟主，在社会和政治上都有地位的作家欧阳修，断言好的作品是"穷而后工"。这一主张显然是对孟郊"诗能穷人"的回驳。

这与其说是文章与社会间有必然联系这一命题的破裂，倒还不如说是这个命题的颠倒或扭曲。好人不是通过他的文章在道德上感化社会，反遭社会弃逐，而是非颠倒的社会现实也反映在他个人的困苦上。在孟郊歌颂一位八世纪儒生典范的组诗《吊元鲁山》其三中，对此有非常特别的表现：

> 君子不自蹇，鲁山蹇有因。
> 苟含天地秀，皆是天地身。
> 天地蹇既甚，鲁山道莫伸。
> 天地气不足，鲁山食更贫。
> 始知补元化，竟须得贤人。

这是反映论走向偏至的极端，而孟郊对他的个人经验和写作亦作如是观。在该组诗的第四首，与众不同，甚至是道德上的高风亮节所造成的与众不同，导致了不为社会所见容：

> 一声苟失所,众憾来相排。

当"正声"出现在礼崩乐坏之世时,它非但无法恢复和谐,反而变成了噪音,而被逼噤声。在一封写给李益的信中,韩愈在探讨古文创作理论时也表述了同样的精神:倘若他的写作能取悦他人,那就一定是他的写作本身有瑕疵。

这向我们揭示了中唐时期最重要的文学嬗变轨迹之一:也就是说,意识到个人身份,特别是"真"的身份,必须具有与众不同的特性。而且,这样的特性常常表现为否定性的,也即排拒他人或为他人所排拒。我用"特性"(singularity)这个词,而不是用看上去很平顺、但使用太泛的"个体性"(individuality)一词,来强调这一特异时刻的苦痛、寂寞和异化感。这里也许有一份高傲,乃至于妄自尊大,但我们常能听到"他人"的声音在讥笑、嘲讽、怀疑,有时甚或发出兽类的咆哮。特性不仅是中唐作品津津乐道的主题,它还以中唐作家刻意求异的风格出现。特异的风格可能会招致他人的惊讶、鄙夷和排拒,但也可能赢得赞赏。特性并非一般意义上的个性化;它预设了平庸的、常规的以及常常在道德上是可疑的"他者"的存在。道德和文学上的优越,现在不是表现为在社会所认可的规范内的完美,而是表现为远离那些规范。[1]

特性是与对所有权和占有物新发生的兴趣紧密相连的,所有

---

[1] 对这一立场的最有名的陈述见于韩愈弟子皇甫湜的《答李生第一书》,他提出在写作中,褒义的标新立异必然是"奇"和"怪"。这两个词,特别是"怪",都有潜在的贬义倾向,而在这里却被赋予积极意义。

权和占有物就像个体身份一样,其概念的存在取决于对他人的排拒。虽说特性主要牵涉到一个人,然而这个概念也同样适用于群体的层面,如当一群卓异之人组成一个摒弃"凡俗"的小集团时,或当一个带有浓厚意识形态色彩的社群排拒异端邪说时,甚或当中国作为一个概念的存在取决于对外来因素的排拒时,正如韩愈在《论佛骨表》中所倡议的那样。无论是在个人还是在群体的层面上,具有特性的个体总试图划出一个专属于自己的空间;它占有对象,并从事在它看来是"正当"的活动。然而要达成这一点,这一空间外部必须得有"他人"的存在,他们想要闯入该空间,破坏其活动。

这里我们必须承认,在更早的中国传统中,已经有无数典范人物,表现了特异的个人身份,并在一定程度上促成了中唐时期特异人格的建构。古代诗人屈原,比任何人都更致力表现自己有别于所有他人的主题。陶潜(365—427)也同样宣称他受自己天性的驱使而弃绝其社会规范角色。我们也许还可将任诞的魏晋名士也算在内。然而在这些人物当中,将"特性"本身奉为中心价值的只有屈原。中唐的不同之处在于,在一个特定的时期,众多文人士大夫共同分享同一种价值观。[1]在中唐,特性不是一个没有实际内容的空洞状态,就像在屈原的例子里那样,而是诸多特异之点的总和。

在中唐之前,有限的几套不同样式的类型范畴便足以描述作

---

[1] 要在中国的传统中宣称有某一个开端,立刻就会招来反驳,声称还有一个更早的开端。三世纪至四世纪的名士狂人也显示出他们对社会规范的反动,然而他们自己却未能建立起个性化人格的系统。到了中唐时代,先前的"任诞"已经成为固定下来的风格类型。

家的个体身份。作家是通过某一文体表现出来的一种个性类型,个体的差异只显现在经验的特殊性上。尽管李白(701—762)和杜甫(712—770)都开始以各自不同的方式,通过宣称自己的特性而走向个体身份的建构,但总的来说,如何成为独一无二、在本质上与他人不同,还是没有被赋予特殊的重要性。[1]而且,我们应当记住,李白和杜甫的经典化基本上是中唐的现象。在中唐,具有特性对许多作家来说确实是极其重要的。[2]

当"真"的价值在中唐逐渐与特性联系在一起时,文人便对文学语言中的滥调和媚俗有了越来越高的警觉,把它们视为矫伪。无论是韩愈集团还是白居易集团都对"空文"感到极端怀疑。先前的"复古"倡导者抨击文风的华靡,将它归结为轻浮和道德上的堕落。中唐的文人也响应这样的倡议,不过对那些人人乐道但花哨不实之词添了一份新的疑忌。孟郊一而再再而三地在常识性观念之前冠以"谁谓"或"徒言"等语。他对于具有权威性的常言,譬如人乃万物之"灵",加以驳斥:

　　徒言人最灵,白骨乱纵横。

孟郊这里驳斥的是《尚书》中的话。这并不是说以前的诗人从未

---

[1] 当然中唐以前的文学文化也在相对意义上意识到差异:一个诗人可以才能非凡或者卓尔不群。不过这种差异并没有和某一独特的风格联系在一起,并进而牵涉到某一独特的天性,如孟郊和李贺那样。
[2] 也许最毅然决然地宣称与过去时代的不同要等到九世纪中叶:李商隐在其《漫成五首》中回瞻初唐宗匠时,轻蔑地说,在他的时代,人们所能看到的只是他们的"对属能"。曾经一度具有褒义的"能力",现在变成了令人鄙夷的"能耐"。

哀叹过纵横满地的白骨，但是，他们惯于引经据典来印证他们的经验，却从来不会想到那些与实际经验相矛盾的经典章句。[1]

这种对于传统文本的普遍怀疑成了宋以后文化的一个显著特征，不过它首次出现在这一时期。为了赞美一位地方官员没有得到记述的美德，白居易在题为《立碑》的诗开头提出了一个很能说明问题的反例：

> 勋德既下衰，文章亦陵夷。
> 但见山中石，立作路旁碑。
> 铭勋悉太公，叙德皆仲尼。
> 复以多为贵，千言直万赀。
> 为文彼何人，想见下笔时。
> 但欲愚者悦，不思贤者嗤。
> 岂独贤者嗤，仍传后代疑。
> 古石苍苔字，安知是愧词。

《立碑》接着开始褒奖望江县的曲令，记述他的德行如何深受百姓的爱戴。然而该诗所传递的讯息，从根本上来说还是颇为悲观的，它在想象碑文是如何充斥了谎言客套，因年代久远而剥蚀生苔，欺惑后代的读者。这里我们清楚地看到，宋以及其后的王朝对文本权威和文字传统的怀疑精神首度浮现出来。[2]

---

[1] 在许多方面，这种对儒家经典的挑战，正显示了人们赋予经典的新权威。
[2] 参见本书附录中赵翼（1727—1814）的《后园居诗》其三，这位清代诗人以戏笔叙述了他如何创作出一篇如白居易所描述的假客套碑文。

能取代虚矫堕落文风的,是体现了真实与道德权威的文章。铭勋比太公、叙德比仲尼之类的空洞客套,显然已是不够了。李商隐(813?—858)的名篇《韩碑》,继承了《立碑》对文本、记忆与真相三者之间比例关系的关怀。在李诗中我们得知,韩愈为讴歌裴度淮西大捷所作的著名碑文已在敕令之下销毁,而涂饰以新的虚伪铭文。然而真正的碑文,正如李商隐提醒我们的,早已铭刻人心而长存于世:

> 句奇语重喻者少,谗之天子言其私。
> 长绳百尺拽碑倒,粗砂大石相磨治。
> 公之斯文若元气,先时已入人肝脾。
> 汤盘孔鼎有述作,今无其器存其辞。

特别重要的是,任何一位当代或后世读者都能看出来,李商隐在写作《韩碑》时,因袭了韩愈碑文本身的文字风格。这里我们看到特异风格本身所包含的大悖论:这种风格之所以有影响力,就是因为它打破传统,并打上了作家个体身份及其真情实感的烙印,而这样的风格可以为他人所袭用。当它为人所袭用,它就将永远被视为"韩愈体"。这种体"属于"韩愈,而正因为有了得到充分发展的占有和归属感,才谈得上借鉴、继承和剽窃。

无论是在为人处世还是在写作方面,墨守成规的举止总会给人留下几分虚矫不实的印象,而这样的墨守成规就其本身性质而言,避免了由特立独行所引发的一连串问题。恪守特定的社会规范不会是出自内心的冲动,也没有人会声称自己一手缔造了社会规范。社会规范受自他人,甚至当它变成第二天性而自发地重现时，它也仍然需要外界的求证。与此相反，立异独行的话语系统提出了一个无法回答的问题：特性的表现是自觉的还是不自觉的，是自然真挚的还是矫揉造作的？这样的问题在理论上可以说是一个没有意义且无法回答的问题；然而，对于中唐的作家和文人来说它却是一个实际的问题。要么是诗人是在情不自禁地表达其独特的个性，要么他是有自觉意识地控制着他的表达。我们常常发现这两种相互矛盾的"答案"是联系在一起的。无论在哪种情形中，写出来的东西都只属于诗人自己，打上了他的个人印记，而这是纯粹常规的文学表达形式所难以做到的。

白居易常强调其天性的率真和诗作的自然，强调他的诗来自内在的冲动。在下面引述的诗中，率真自然的标志便是"拙"——不循常规而惹人嗤笑。于是，备受奚落的诗人在想象中营结了一个由标新立异的作家组成的小集团，可惜的只是他们在时空上与他天各一方。

自吟拙什因有所怀

懒病每多暇，暇来何所为。
未能抛笔砚，时作一篇诗。
诗成淡无味，多被众人嗤。
上怪落声韵，下嫌拙言词。
时时自吟咏，吟罢有所思。
苏州及彭泽，与我不同时。
此外复谁爱，唯有元微之。
谪向江陵府，三年作判司。

> 相去二千里，诗成远不知。

如果说白居易在该诗中宣称他写诗漫不经心、不假思索，那么他常常在其他作品中突出表现自己的机智。即使是在这首诗中我们也能窥测到他的自觉：他不是仅仅对声韵言词漠不关心，而且，他在描写自己是如何对声韵言词漠不关心。白居易常常把他自己描绘成任性率意的人，而与此同时，却又笑话他自己的这份任性率意，于是乎让我们知道他其实是很老于世故的。表现为"拙"的任性率意显然已成为一种价值，但人情世故的练达也同样是一种价值。

李贺（791—817）的诗常常呈现不同性质的内在驱迫力，一种着魔似的驱迫力，而他对受到这种驱迫的人物也总是感到一份特殊的同情。

长歌续短歌

> 长歌破衣襟，短歌断白发。
> 秦王不可见，旦夕成内热。
> 渴饮壶中酒，饥拔陇头粟。
> 凄凉四月阑，千里一时绿。
> 夜峰何离离，明月落石底。
> 徘徊沿石寻，照出高峰外。
> 不得与之游，歌成鬓先改。

不管李贺的"内热"是政治性的、还是诗性的、还是出于对人生短暂的恐惧，他把自己塑造成为由一种难以名状的内在力量所驱动而不能自已的形象。然而他同时也是一个人们所公认的出色的诗匠，他的风格常常带有精心琢磨的印记。[1]立异独行究竟是一种内在的冲动，即"真"，还是一种刻意匠心，即"假"，这两者间不可能区分开来。

文化史和文学史的历史分期最好是被当作一块块模板来看待。这些模板块不是由孤立的东西拼凑起来的，而是由相反或相对的概念与立场组成的套系。在模板当中，由另类概念与立场组成的亚套系就构成所谓的"问题"（issues），而每一次解决问题的努力都似乎同时包含了相反或相对的概念与立场。但是这些问题并非孤立存在的：它们与其他问题相关联，有时是平行的，有时则在新的对立中化解成为某个单一概念。于是，像"内在的冲动"和"刻意匠心"这两种对立的概念，当它们作为传统规范的对立面而存在时，它们之间的对立则化解了，形成了以不同形式表现出来的立异独行的特性。

这些相反相对的概念与立场，显示出一个时代的生机活力。它们最终会被忘却或得到解决，以新的常规话语或形象出现。这也许是界定一个时代的终结的方式之一。中唐时代一个津津乐道的话题，即内在冲动和艺术匠心之间的对立，最后在"作为艺术冲动的匠心"这一观念中得到合并。这一合并表现在"苦吟"一

---

[1] 我用"精心琢磨的印记"一语来描述那些往往被人与刻意求工联系在一起的风格。白居易也许在他的"漫兴"诗上比李贺花费了更多的工夫，然而他的诗在读者眼里却显得似乎真是即兴而作。而在另一方面，李贺的许多诗句显得雕琢。正如我们在后面要讨论的，"意外收获"（trouvaille）成了调和无意与刻意、现场即兴与费时费力的手段。

词的演变当中。"苦吟"的原意是指出于痛苦而吟诗,然而到了九世纪的下半叶却转义为"刻苦吟诗"。原先由于外在于文学的困苦而作诗,现在蜕变成了作诗本身的煞费苦心。

特性的问题和中唐时代的独占话语紧密相关。拥有权问题在中唐以前的文学中很罕见,这说明这一问题在中唐的出现触及了这一时代的核心关怀。占有的概念,也即某物"属于"某人的说法,对于独特身份这一新观念是至关重要的。某物为某人"自己"所有,正是因为对他人的排斥,而且最重要的,是因为对传统规范、对所谓共同价值的排斥。

在以前的文学中,王维的《辋川集》首篇《孟城坳》是少数涉及土地拥有权的文本之一:

新家孟城口,古木余衰柳。
来者复为谁,空悲昔人有。

王维在该诗中吟咏了他自己的山庄别业,而末句所指的不确定性——我们不知道王维是在追怀山庄先前的主人呢,还是在想象日后的寻访者缅怀他自己——给"占有"的意义造成了疑问。这里他用的是"有"字:这是一种"享有"(having),而不是特指"拥有"(owning)。

我们可以将这首诗和韩愈的一首看起来平淡无奇的绝句拿来做一个比较。韩愈的《游太平公主山庄》,也是谈占有的无常。身为高宗和武后之女的太平公主,是中宗第二次临朝听政时期(705—710)最有实权的人物之一。追缅她坐落于长安城南的广大庄园,令人回想起八世纪初叶的奢侈豪华。

> 公主当年欲占春，故将台榭压城闉。
> 欲知前面花多少，直到南山不属人。

这里的核心词是"占"字（"占据"或"据为己有"）和"属"字（"拥有"或"属于"）。"占春"一词，貌似自相矛盾，实则涉及中唐诗歌的一个常见现象，这个常见现象有各种各样的表现形式，通常是眼前的自然景色为花草或禽兽所占据，令人回想起昔日的主人，产生物是人非之叹。在这里，不可能发生的占有（谁又能占有春天呢？）被限定为一桩过去的事件："当年"。公主之"欲"，表明了她的所作所为是有意如此（"故"）。她建筑台榭，来占有大自然，或者占有一个季节。这一座座亭台楼阁不光是她的占有的有形标记，而且还是景点，可以在此观赏春光。"压"字极佳，妙尽逼近之势：她的山庄迫"压"城门，不容存在别人可以自由穿行、阻挡她的视线的空间。

在下半首诗中韩愈提出设问，这样也就让他能够给出一个他想要的答案。问题不是她拥有多少花，而是"前面"——有多少花在她的眼前。她不是简单地渴望占有，而是希望慢慢地品味她所占有的天地之广大。这并不仅仅是所有权的问题，而是渴望展示所有权，在展示中得到快感。

如果她的领地有一条边界紧邻长安城墙的话，那么诗的结句则划出了另一条边界，这便是远在长安之南的终南山。韩愈对自己设问的回答，并没有去计数"花多少"：界定空间取决于排他性，一个被垄断或独"占"的空间。公主的景观不是花的景观，而是占有物的景观。

该诗的诱人之处，一部分则在于诗人对这块领地的争夺，他寻访公主的山庄，侵犯她已经消逝了的所有权。我们很容易把这首诗视为对八世纪初期骄奢淫逸的嘲讽，然而就像所有美刺传统中的诗歌那样，该诗陶醉于它所谴责的东西。诗人以想象性的诗歌占有，取代了公主的合法占有，他站在她昔日的位置，通过想象中的公主的视线，沉湎于想象中的占有权。在中唐，占有权通常涉及实际的购买，然而物质的占有，与文字上的或想象中所声称的占有变得密不可分。

我们无法确知哪首诗写得更早，不过韩愈的诗和白居易的《游云居寺赠穆三十六地主》（作于807年）显然是有联系的。

> 乱峰深处云居路，共踏花行独惜春。
> 胜地本来无定主，大都山属爱山人。

在诗题中使用"地主"一词是不太寻常的。称某人为"地主"，或作一首诗赠给某"地主"，等于承认一个在唐代文学中通常避免提及的事实：也就是说，在中国存在一个权力和占有的结构，有别于由士与农构成的社会。"地主"占有土地，但他不耕作，而且，也不依附于国家。[1]该诗的戏谑口吻，几乎难以掩饰其无礼的一面——白居易借助于一首诗，夺走了穆地主的土地。

次句的核心在于提出分别：两人都在踏花而行，但其中只有一人——显然是白居易自己——懂得惜春。"惜"是一个很有意

---

[1] 尽管这一问题通常不在文学表现之列，然而九世纪初叶土地所有权问题也的确是一个严重的财政问题，由于八世纪末叶税收政策的改变，从人头税变为田亩产量税。富裕的地主寻求种种办法来降低他们的税收。

思的词。它不仅对失落表示悲伤,而且也表示惋惜,不忍见此。这里在合法拥有的领地和供人体验欣赏的"胜地"之间划出了一道界限。当地的地主感兴趣的是领地,而诗人感兴趣的是把领地转化为发生体验的场所。于是乎白居易提醒地主,物"无定主"。他用了一个含混的词,"大都",承认穆地主具有一部分领属权,但实际上却以"爱山人"的名义,把穆氏领地据为己有。

道理很清楚:强调占有的无常,表示只能通过爱惜和欣赏来占有一个地方——或者,也许只有通过在文本中描写这种爱惜和欣赏,这个地方才能被真正占有。

白居易诗的结尾处暗藏玄机:"爱山人"一语令人联想到《论语》中体现了"仁者"风范的"乐山"。借由"惜春"一词,白居易显示了他具有感受力,对外在的世界有"仁"心。通过强调儒家对世界感到的仁,白居易以儒家的道德秩序来对抗地主的法律秩序。不过白居易所说的是"爱山"而非"乐山":这不是简单地欣赏山景,而是"爱"山,沉溺于山。一个人"乐山",并不一定意味着他就会执著于山,对山着迷,然而如果"爱山"则会如此。这位中唐作家开始执著于物,对物着迷。该诗说得很明白,白居易是在宣称对土地的领属权。

和韩愈一样,白居易的诗直接针对庄园的主人,对空间进行想象的诗意占有。只有在中唐我们才会遭遇到这样一种新观念,即诗人可以通过一个地方进行不同凡响的描述来"占据"一个地方。假如诗人通过文字体现了一个地方,别人就不会再去写它了;他们会意识到,对这个地方的再现已经成为某一个诗人所特有的了。受到前人金陵怀古诗的触发,刘禹锡(772—842)写下了著名的组诗《金陵五题》,而这组诗的写作,竟在他本人游金

陵之前。在诗序中,刘禹锡不无自豪地引述了白居易的评语:

> 余少为江南客,而未游秣陵,尝有遗恨。后为历阳守,跂而望之,适有客以金陵五题相示,迫尔生思,欻然有得。他日友人白乐天掉头苦吟,叹赏良久,且曰:"石头诗云:潮打空城寂寞回。吾知后之诗人不复措辞矣。"余四咏虽不及此,亦不孤乐天之言耳。

如果说实际的占有是昙花一现的话,那么对某一地方的诗性拥有则反倒有可能是永久的:"后之诗人不复措辞矣。"一首诗可以标志白居易在那首绝句中所声称的主观体验性的拥有,而瞬间的可以转化为永久的(即使这种主观体验性的拥有纯粹出于想象,如在刘禹锡的例子中)。所有后来的游人,都会发现前人的诗篇在此地留下的印记,而且都会通过前人的诗来体验此地。永远占有一个地方,只有通过文本才能实现。

柳宗元(773—819)的《钴鉧潭西小丘记》是有关购买、"诗性"体验、文字表现的最有意思的文本之一。该文引我们发问:为何要购置地产?显而易见的答案是:为了使用。不过,还须加上一条限定:所有权意味着拥有转让地产的权力,或者是把土地传给子孙,使自己的所有权具有永久性。假如国家仅让个人在其有生之年使用一块土地,那就不能说成是"拥有"它了。这一点对我们很重要,因为它和文学作品(一篇脍炙人口的诗作或是一种独特的风格)的流传恰好形成对照。比起土地来,作品或风格更能传给后代,并依然系于原主名下,证明他的所有权。

在中唐,诗人开始为了经验感受而花钱买地。从前,高官贵族早就在这么做了,他们常邀请诗人来吟咏他们的庄园,借此来永远地展现他们的占有物。柳宗元是在贬官流放时买地的。这不是一块可以营利的地。由于它处于永州偏鄙之地,他也似乎不太可能有传之子孙后代的打算。最重要的一点是,他完全用不着花钱购买就可以体验感受这块土地;只要他愿意,原主似乎无意对他的来访游赏加以阻挠;而且倘若他留下什么跟这块地有关的篇什的话,地主还可能借此机会赚取钱财。那么,柳宗元为什么要买下这块地呢?唯一的解释就是,他买它是为了"拥有"它。所有权本身也开始具有价值。拿柳宗元自己的话来说,"余怜而售之。"对于这块地如此执著留恋,与白居易的"爱山"如出一辙。

得西山后八日,寻山口西北道二百步,又得钴鉧潭。西二十五步,当湍而浚者为鱼梁。梁之上有丘焉,生竹树。其石之突怒偃蹇,负土而出,争为奇状者,殆不可数。其嵌然相累而下者,若牛马之饮于溪;其冲然角列而上者,若熊罴之登于山。丘之小不能一亩,可以笼而有之。问其主,曰:"唐氏之弃地,货而不售。"问其价,曰:"止四百。"予怜而售之。李深源、元克己时同游,皆大喜,出自意外。即更取器用,铲刈秽草,伐去恶木,烈火而焚之。嘉木立,美竹露,奇石显。由其中以望,则山之高,云之浮,溪之流,鸟兽之遨游,举熙熙然回巧献技,以效兹丘之下。枕席而卧,则清泠之状与目谋,潜潜之声与耳谋,悠然而虚者与神谋,渊然而静者与心谋。不匝旬而得异地者二,虽古好事之士,或未能至焉。

噫!以兹丘之胜,致之沣镐鄠杜,则贵游之士争买者,

> 日增千金而愈不可得。今弃是州也，农夫渔父，过而陋之。价四百，连岁不能售。我与深源、克己独喜得之，是其果有遭乎？书于石，所以贺兹丘之遭也。

值得注意的是，尽管柳宗元被这地方的天然魅力所吸引，他在买下小丘后所做的第一件事就是清扫它。他为了可以发表流传的文学体验而购买小丘。开始，他被小丘的野性美所吸引，但是，文学体验需要精心策划和戏剧性的展示，他得清扫这个地方，来表明它已归自己所有，把自然与人工结合起来。柳宗元对于"占有"本身，对于他有权规划这一空间、把它打上自己的印记这一事实本身，感到其乐陶陶。

与太平公主不同的是，柳宗元并没有在地产上盖房造屋。他在荒野中圈定了一块地；只有通过这样的圈定过程，"购买大自然"这一自相矛盾的陈述才有可能成为现实。柳宗元对钴鉧丘的第一印象是它类似于野生动物。然而小丘一旦成为地产之后，情形又是如何呢："由其中以望，则山之高，云之浮，溪之流，鸟兽之遨游，举熙熙然回巧献技，以效兹丘之下。"富于想象力的作家把大自然转化成了为主人献艺的表演艺术。空间被购置以后，原先随意的形状和动感似乎变成了一种展示形式，而这种展示形式在正常情况下是需要花钱雇用的。实际的占有，带来安排布置物质世界的权力，与富有想象力的诠释行为之间形成了互动关系。

最能体现作者对所有权感到的喜悦之情的，是他突发奇想，竟要将小丘移到京都去，因为在那里有其他懂得欣赏它的人，小丘可以从而身价百倍。占有经验的一部分，是把占有物向他人展示,使他人也渴望拥有它。这在柳宗元的记述中,表现为他从这宗买卖中获得想象的利润。在这里,我们的"爱山人",懂得如何欣赏山丘的人,在这宗买卖中捡到一个实际的便宜。但是为了充分体会占有的乐趣,必须向人展示占有物,把它传给他人。因此,柳宗元通过文本,在话语的层次上完成了他对小丘的占有。法律形式上的占有,是通过和唐氏所做的买卖交易实现的;而这篇"记",则是一纸文化意义上的占有契约。

所有权的概念——这里我说的所有权,是指一种远远超越了拥有某物以便实际使用的快感——是一个巨大的谜。一样东西,或者一个地方,打上了某一个人的私章,系于某一个人的名下。不难看出,这和具有特性的个人风格是多么密切地相关。具有一种个人风格或者拥有一样东西的快感,就在于向别人展示自己的占有物,且把他人排除在外。两者都与人生无常的问题息息相关,且都要经受考验,看是否有权力将它们传给他人。对于物和土地的占有在这里是较为低劣的占有,因为传承的过程变幻无常,而所有权的合法性只能靠一纸文书来证明,因为文书可以把所有权的谱系追溯到原主。拥有一种独特的风格或者一篇不同寻常地描述了某一经验或地方的作品,则是将所有权传之后世的更可靠的手段。如果中唐在诸多盛唐诗人中选择了李白和杜甫将其经典化,其道理正在于较诸其他盛唐诗人,他们两人的诗风极为独特,一眼就能看出只属于他们个人。

在中唐,以及在中唐对所谓盛唐的解读中,我们发现了一种既新鲜又熟悉的个体意识,它和现实中与话语层次上的获取与占有紧密相关。"所有权"既是经济现象,也是文化和话语现象;也就是说,它包含了对占有物的赞美与展示,而这本身即是一种

"文化资本",是对价值的生产和创造。柳宗元花费家财,买得一块在唐人看来是远处边陲的荒凉之地,他在话语层次上"改善"了这块地,赋予这块毫无价值的土地以价值。钴鉧丘并不能养活柳宗元或他的后代,然而他的作品,一篇有关获取的文本,则是一笔更有潜力、更可靠的文化资产,光大作者及其门庭。

自然景观的解读

公元806年的夏日或初秋,韩愈游长安近郊的南山,并创作了他那首著名的长诗《南山诗》以咏赞该处的风景。在以鸿篇巨章描绘错综变化的山形后,在其结尾处,韩愈直接将它比喻作《易经》中的卦象:

或如龟坼兆,或若卦分繇。
或前横若剥,或后断若姤。[1]

在自然景观(landscape)中发现文本印记的季节业已成熟;同年秋天,在与孟郊一起试验一种新型联句时,针对孟郊之句,"窑烟幂疏岛",韩愈接以一个奇异而优美的意象:

沙篆印回平

这一印记可能是某人或某一动物的踪迹,因为年轻的诗人李贺在

---

[1] 从底下往上读,"剥"卦包含了五根阴爻,以及顶端的一根阳爻。而"姤"卦则是底部的一根阴爻,以及上面的五根阳爻。

811年回到他的故乡昌谷时，回忆起同一意象，并点明了印记的来源：[1]

> 汰沙好平白，立马印青字。

数十年后，在吟咏他在朱坡的庄园时，也许正是从李贺的诗中，杜牧（803—852）拈出了同样的"印痕"：

> 沙渚印麂蹄

杜牧这位晚唐诗人，对这一意象做了重大的调整：在保留象喻动词"印"的同时，他放弃了将印痕比作书写文字的明确比喻。

然而出现在《南山诗》的风景中的坏龟或断卦的意象，完全不同于韩愈与孟郊的《城南联句》以及李贺《昌谷诗》中字迹印在山水上的意象。这些差异暗示了这些诗在再现自然方式上存在的更为深刻的分歧。卦的喻象乃是由内里生发至表面的自然的图案格局。特定的卦象只有作为已知的整体系统的组成部分才具有意义；局部向我们指明了囊括它并赋予它意义的整体。相反，印在沙滩上的字迹的意象则是瞬间的、零碎的痕迹，它

---

[1] 虽然他不可能读过韩愈的这句诗，但与此同时柳宗元在谪居永州时期也写了一首酬答刘禹锡的长篇山水诗，其中有句云："濡印锦溪砂"。柳宗元用了一个石字旁的"砂"，与"沙"字基本同义。孟郊在他的《秋怀》其二中则用了一个室内的意象，将其缠绵病榻之躯喻作留下印记的印章："席上印病文"。中文里的动词"印"比英语更富于喻意，而在英语中"print"（如 footprint）则是一个已死的隐喻。"印"特别暗示了盖印章的行为。

们从外部闯入自然景观之中。它们是不连贯的意符，标识了流逝和过往，本身也是在过往中受到注意，这种图案格局作为文字是不可读的。

对于景观的繁复再现显示了对自然秩序（或其缺席）的认知。自然秩序作为中古诗歌修辞不可或缺的组成部分，曾使得先前的诗人对于大自然的明晰可喻产生了一种毋庸置疑的可靠感。对仗及其他诗歌语言的传统规范乃是二元论的宇宙观和自然科学的文学呈示：一联咏山、一联咏水，一行写闻、一行写见，仰视与俯窥相平衡。无论是大自然本身还是文字表现手段都是一种富于成效而又可靠的机制。[1] 尽管中古时期的文字表现手段在中唐仍得以赓续，对于某些作家来说自然景观乃至于整个大自然的秩序却令人产生了疑问，这是近几个世纪以来所未曾有过的。和根植在文字表现程序中的认知不同的是，疑问会派生不同的模型与假说，以及一组组对立的立场，对立的立场相互包含和暗示了彼此。

针对自然秩序所发出的疑问，使得中唐诗的自然景观产生了巨大的分野，其复杂性难以简单概括。然而从上面所引的诗歌当中，我们还是可以发现一对尤其重要的对立立场。在一个极端，中古时期的秩序可以被清楚明晰地表述出来，大自然被表现为具有建筑性结构的、刻意构造而成的、清晰明澈的、每一部分都融会入一个整体之中。对于在大自然中找到结构完整性的强烈需

---

[1] 古典诗歌的修辞机制的这一层面更强烈也更鲜明地体现在赋当中，赋的表现方式通常呈现为非个人化的而不是经验化的。关于宇宙观与修辞学的关系，请参阅拙著《传统的中国诗歌与诗学：世界的预言》（威斯康辛大学出版社，1985）78—107页。

要,本身已经包含了和它截然相反的立场。在这一相反的立场中,自然不过是众多细节的大杂烩和拼盘,或缺乏内在统一的秩序,或暗含一种隐秘而晦涩难解的秩序。面对着具有建筑结构的自然,人的主体意识可以与之保持一定的距离,从宏观上把握这一整体;而当置身于支离破碎的大自然之中,主体意识则迷失了方向,沉湎于局部的细节当中。

具有建筑结构的自然景观通常包含了多种对称,一个界定运动和制约对称的中心,以及根据经验组织空间的核心情节(比如采用视点在风景画面中的位移来获致某种启示或认识)。具有建筑结构的空间是整体性的、自成系统的;也就是说,它的有效性取决于其包含所有的局部并将它们作为整体的组成部分或者整体的缩微再现进行综合的能力,而被表述的有限空间的整体性在结构上则是全部自然空间的缩影。在具有建筑结构的景观中,主体总是"知道他站在哪里(也就是说,知道自己在自然中的位置)"。

韩愈的《南山诗》是这一建筑化再现的一个精彩范例,其中每一个描写成分都能在整体的明晰秩序中找到自身的位置。《南山诗》是一首很长的诗,包含了复杂的对称,有感发力的中心,以及关于"觉悟"(enlightenment)的叙事,这一叙事在以文字描述对大自然秩序进行再现的过程中达到了高潮。[1]在下面所引的诗的尾声部分,韩愈讴歌了宇宙有意安排的秩序,而且作为人间的见证人,对造物主深表崇仰之意,以错综复杂的文本作为献

---

[1] 关于《南山诗》的详细讨论,请参阅宇文所安《孟郊与韩愈的诗》(耶鲁大学出版社,1975)198—209页。

自然景观的解读

礼,作为对纷繁错杂的世界的文字仿真与补充:[1]

> 大哉立天地,经纪肖营腠。
> 厥初孰开张,僶俛谁劝侑。
> 创兹朴而巧,戮力忍劳疚。
> 得非施斧斤,无乃假诅咒。
> 鸿荒竟无传,功大莫酬僦。
> 尝闻与祠官,芬苾降歆臭。
> 斐然作歌诗,惟用赞报酭。

这是一段精彩的篇章,它始于将山比作人体,然后直接转向这一身体的创造者。由于在中国中古时期的宇宙观中非人格化的、造物主阙如的自然界中竟会产生韩愈在南山中所发现的极富对称感的秩序,我们也许会感到困惑,究竟是什么促发韩愈在这里杜撰出一个造物主来。在中唐时期的作品中我们常常会发现有这么一些假说,试图将秩序和目的性联系起来,而人的主体则是这种有目的的秩序的最终秉承者。人的主体不再像中古时期所相信的那样是自然秩序的一个不可或缺的部分,而是被纳入和具有目的性的神明的关系之中——这一神明可以十分仁慈,却也常常显得无情与冷漠。由这种具有目的性的神明所塑造或影响的物质宇宙,降为单纯的媒介,神明借助于它为人所知,而人的主体也借助于

---

[1] 我想着重强调围绕着"造物主"这一术语运用而产生的一些重大问题。虽说显然不是犹太基督教神祇借助于逻各斯(logos)才从无到有创造宇宙(事实上,韩愈很明晰地表述了宇宙创造所必需的惨淡经营),这一术语仍值得保留,用以区别有意构造出来的大自然与作为纯粹机制的大自然。

它而受到影响。

从非人格化的宇宙观转向将大自然看成是由有目的性的神明所影响的,这一遽变,在中国的传统中很难找到依据。也许正因如此,对于有目的性的大自然的文字再现多半是假说,诗意的虚构,或者仅仅是戏谑嘲弄而已。而把这种情况当真的作品(正如有时在孟郊与贾岛的诗中所见的那样)则带有一种强烈到近乎疯狂的情感意味。

韩愈对造物主伟绩的景仰是一种诗意的感发,充其量也不过是一种宗教性的冲动;它不是宗教信念。造物主因权宜之需被错置于一个遥远的往昔,而他的业绩也只有通过造物的完善才能被推知——通过书写传统的断裂("鸿荒竟无传"),诗人回避了一种更有潜在威力的权威。[1]

韩愈的诗具有多重功能。它填补了由于书写传统的断裂所留下的鸿沟;通过对天工的承认与酬报,它造成了交易的平等(而承认神祇的服务与劳役则在无意中打造出韩愈作为一个帝王或文学精英成员的形象);在惨淡经营这个微雕景观的创造过程中,韩愈把自己放在了造物主的位置,这首诗是第二性的创造物,而韩愈自己,就是这第二性创造物背后的那个有目的性的神明。

《南山诗》是宇宙的,也是帝国的,它包罗万象,所有的种类繁多的细节,都能在有序的整体中找到自身的位置。位于长安城南的地方性景观,是一个微型宇宙,它与其说是某一特定的地

---

[1] 这里回应了该诗前面的一个段落(5—10行),在这一段落中,韩愈曾审视前人有关南山的篇什,指出它们的不足,并决定自己观察南山。

点,还不如说是整个帝国疆域的模型。诗歌对于自然秩序的观照所给予人们的是壮观而又稳定的印象,而且,对于另一种截然不同的、将大自然予以碎片化的再现,是一种有效的陪衬。在碎片化的自然景观中,巧妙构筑的局部是在整体统一连贯的背景下被发现的。在这里,对于局部细节的沉湎拒绝被纳入宏观整体。

在李贺的《昌谷诗》中,大自然呈现出太多令人心醉的细节,这些细节吸引了诗人全部的注意力。诗中有一些瞬间引导诗人穿越自然界——小径,若干界标,从山林向田野的转移——然而这些有序空间的路标的主要作用,不过是引导诗人重复迷失的体验,使他一再为局部细节的神奇所吞噬。诗人的关注点在各个方向、各种程度上狂乱地来回摇荡,而在吸引诗人注意力的华美图案中,大自然的神奇与诗歌的工巧几乎难解难分。[1]

> 昌谷五月稻,细青满平水。遥峦相压迭,颓绿愁堕地。
> 光洁无秋思,凉旷吹浮媚。竹香满凄寂,粉节涂生翠。

---

[1] 作于811年的《昌谷诗》明显受到孟郊和韩愈作于806年的《城南联句》的影响。两诗在描写的风格上有着惊人的相似,也有许多特殊用语的沿袭。在某种深层意义上,李贺是在重构《城南联句》所独具的特殊的审美快感。《城南联句》像所有的联句那样,基于创作参与者的连锁回应,这就不可能使诗歌实现建筑结构性的统一。然而《城南联句》也是一种形式上的经验,它的独特之处在于,一联上下两句分别由两位诗人完成。这就把诗的重心一来放在机巧上,而机巧通过诗人观察到的奇妙细节得到体现;二来放在断裂性上,因为每一联的首行都构成了挑战。李贺注意到这一形式的潜在的美学可能性,就此创造出一篇独特的作品。正如李贺利用这一形式来描绘他的家乡,数十年后,杜牧在《朱坡》一诗中,又再度利用它来描绘他祖先的庄园。

草发垂恨鬓,光露泣幽泪。层围烂洞曲,芳径老红醉。[1]
攒虫镂古柳,蝉子鸣高邃。大带委黄葛,紫蒲交狭浃。
石钱差复籍,厚叶皆蟠腻。汰沙好平白,立马印青字。
晚鳞自遨游,瘦鹄暝单峙。嚓嚓湿蛄声,咽源惊溅起。
纤缓玉真路,神娥蕙花里。苔絮萦涧砾,山实垂赪紫。
小柏俨重扇,肥松突丹髓。鸣流走响韵,垄秋拖光毯。
莺唱闵女歌,瀑悬楚练帔。风露满笑眼,骈岩杂舒坠。
乱篠进石岭,细颈喧岛庑。日脚扫昏翳,新云启华网。
谥谥厌夏光,商风道清气。高眠服玉容,烧桂祀天几。
雾衣夜披拂,眠坛梦真粹。待驾栖鸾老,故宫椒壁圮。
鸿珑数铃声,羁臣发凉思。阴藤束朱键,龙仗着魈魅。
碧锦帖花桎,香衾事残贵。歌尘蠹木在,舞绂长云似。
珍壤割绣段,里俗祖风义。邻凶不相杵,疫病无邪祀。[2]
鲐皮识仁惠,卝角知覥耻。县省司刑官,户乏诟租吏。
竹薮添堕简,石矶引钩饵。溪湾转水带,芭蕉倾蜀纸。
岑光晃穀襟,孤景拂繁事。泉樽陶宰酒,月眉谢郎妓。[3]
丁丁幽钟远,矫矫单飞至。霞巘殷嵯峨,微溜声争次。
淡娥流平碧,[4]薄月眇阴悴。凉光入洞岸,廓尽山中意。
渔童下宵网,霜禽竦烟翅。潭镜滑蛟涎,浮珠唅鱼戏。

---

〔1〕 指花瓣。
〔2〕 根据《礼记》,邻家有人故世的时候不可以用杵。
〔3〕 陶宰指陶潜,谢郎指谢安。
〔4〕 "淡娥"可以从字面意义上来理解,但更可能是指眉毛,转而令人想到新月。"蛾"也可以是"娥"——月宫的嫦娥。按字面意义理解的"蛾"也是颇具魅力的解读,因为韩愈在《城南联句》中有一句诗这样描写一座废园:"白蛾飞舞地"。

> 风桐瑶匣瑟，萤星锦城使。[1]柳缀长缥带，篁掉短笛吹。
> 石根缘绿藓，芦笋抽丹渍。漂旋弄天影，古桧拿云臂。
> 愁月薔帐红，胃云香蔓刺。芒麦平百井，闲乘列千肆。
> 刺促成纪人，好学鸱夷子。[2]

如果说韩愈的《南山诗》具有一个常态身体的有机统一性的话，那么该诗前半部分所描绘的昌谷的茂林，到处散落着女性胴体的碎片。该诗明显缺乏建筑构造的统一性：有一条迂曲的小道通向玉真神娥的庙宇，然而神娥的殿堂很快转化为故宫的颓垣断壁。不过诗人永远无法看到茂林的整体；它以其神秘而孤立的多重存在淹没了他。诗的后半部分尝试以一种父权社会的田园来抵消湮没一切的母性景观，开始时展现一幅井然有序的田野景象，但它旋即却又化作令人沉湎的碎片。

重要的是，这首过于绵密、几不可读的诗，呈现的是李贺家乡的风光。这是一个缺乏建筑秩序的空间，因为它无法从外界来探测；这里，缺乏视点的稳定性。末了，李贺试图退到一个固定的景点，做出最后的判断，而只要看看前几联诗句就会发现，这只是一个非常勉强的举动，将诗人的注意力从蔷薇帐及胃云的香蔓间引开。除此之外，仅有的一个朝向风景画面的位移，便是由神娥的女性化茂林向井然有序的田野景致和一个道德纯朴的农业社会的转折。这一转折开启了一连串诱人的意象：消逝的舞裙在

---

[1] 汉代的李郃根据两颗流星，判断出从朝廷出巡成都（锦城）的使者正在路上。李贺似乎戏将萤火虫喻此。
[2] "成纪人"指汉代大将军李广，李贺自称是其后裔。"鸱夷子"是指越国大夫范蠡，他弃官而远遁于江湖之间。

彩云的意象中得到回应，织锦突然化作拼接成农田图案的"割绣段"。井然有序的结构通过暴烈地撕裂流动性更强的形状得以建立。在以几行笔墨赞美当地民风之后，李贺重又全神贯注地精心编织起诗联，再度成为趴在一张巨型绣毯上的孩童，聚精会神地陶醉于绉褶间精雕细刻的花纹之中。每一个诱人的细部都与地域的特征相呼应，不管是弥漫于茂林的神娥的女性存在，还是父性田园的怡然自适。但这些细部从本质上来说是不连贯的。我们也无法判断这些细节是地域本身的魔力还是诗人的匠艺。[1]

繁复的碎片化景观的审美价值，与九世纪初叶以贾岛、姚合等诗人的作品为代表的律诗的嬗变有关。在此后的数十年间，这一新美学又在许浑、雍陶等众多诗人的诗作中得到新的发展。在这些律诗中，精彩的颔联和颈联经常衬托以往往显得平庸的首联与尾联。颔联和颈联成为衬垫上的宝石，把注意力引向自身以及它们相对于整首诗的独特，而不是它们与诗作整体的融洽与协调。诗联的美本身抗拒整合。这些诗通常是应景之作，作为应景诗，它们将赋诗的行为本身置于更为广泛的社会生活之中。作为一个整体的诗篇应该再现活生生的经验与情感；通过将关注的焦点从作为整体的诗篇移向诗联的精致（诗联通常是单独创作的），诗人使读者关注他的艺匠身份，而不是其社会属性。从形式和社会的角度来看，这是一种"疏离"的手段——使真正的诗人有别于芸芸众生，并将关注点转向技巧的精湛，来打破社会文化对完整统一的常态结构的追求。

---

[1] 有关湮没一切的母性存在，李贺家乡的景色，以及创作支离破碎的诗行与诗联之间的联系，请参阅本书96—99页。

以部分来抗拒整体,在律诗当中相对来说要表现得更直接一些。在像《昌谷诗》这类长篇风景诗中,众多精雕细刻的诗联拼接起来,以致令人眼花缭乱,几乎感到压抑。[1]我们无法获得对这一空间的整体观照(正如韩愈在《南山诗》所做的那样),并将其诸多细节精简为宇宙整体秩序的图解。南山是宇宙的微观缩影;昌谷则是一个独特的地域,与其他地域绝不类似。在很多传统批评家看来,《南山诗》是汉语语言里最伟大的诗篇之一;李贺的《昌谷诗》则艰涩沉闷,而且作为一个整体来说是有严重缺陷的。然而如果单独看起来,李贺的诗行或诗联本身却更能带来愉悦,而且比《南山诗》中的任何一行或一联更经得起玩味。

自然秩序的建筑构造化和有意的碎片化,向心力和离心力,在历史上几乎是同时出现(请注意《城南联句》、《昌谷诗》的范本和《南山诗》同时作于806年)。对立面的每一方都能够生发另一方;我们很难说哪一面先发生。我们可以说,对于整体化秩序的明白确认是对沉湎于个体局部的补偿,但也可以说,对于个体局部的迷恋是对渐趋明确的整体性话语的反动。然而,我们确实知道,对立面的双方相对于早先在八世纪占主导地位的中世纪秩序来说,都是非常陌生的。中古话语设定宇宙秩序的存在,然而它仅仅是让这种秩序停留在设定的层面,却并不严格要求每个个体局部都有其自身的位置。在《南山诗》中,韩愈边描述边诠释,他的描述支持了他的诠释。在《昌谷诗》中,李贺仅仅是偶尔做出明确的诠释姿态,但这些姿态旋即为细节中的图案所

---

[1] 这样的风景在某种程度上要归功于铺陈描述性的长篇排律形式,不过,排律总是通过严格的修辞秩序来控制诗联。

吞没。

到了中唐时期，我们已经开始走向我们所熟悉的近代中国的新儒家世界，在这一世界里，对于自然和道德秩序的明白确认，构成了一个表面，其下的汹涌潜流则渴望沉溺于个体局部，沉溺于当下的瞬间——无论是声色，是暴力，还是艺术。这一对立有助于说明众多道学家对诗联的工巧所持的固执的敌意。这种反感，比起对荒嬉之娱的批判，把诗联视作浪费时间的玩物，要怀有更深的成见。诗歌的技巧被看成是儒家文化中诗歌所应当扮演的教化角色的对立。盛唐诗歌的诗联，以其根植于宇宙法则的修辞基础，似乎强化了自然秩序。然而中唐及晚唐诗人却倾向于寻求和构筑"奇"，精致的、不能再缩减的个体局部，基于机智或神秘之上的类比。这些诗联所引发的愉悦感令人沉溺其中，和重大的问题相悖，而且，是在与之相反的基础上构筑起来的。

我们的对立组项，即自然秩序的整体性的、建筑构造式的再现，与诱人而抗拒整合的碎片的堆砌，划出了一个可能性的领域，却没有解说在两种极端之间会发生什么。于是问题就出现了：我们究竟是在一个构筑经营而成的、可被阐明的世界，还是在一个充满神秘和不能进一步简化的奇景的世界栖居？在山水景观或自然世界的背后，究竟是否潜藏着某种神灵或是有目的性的神明？

> 自西山道口径北，逾黄茅岭而下，有二道：其一西出，寻之无所得；其一少北而东，不过四十丈，土断而川分，其积石横当其垠。其上为睥睨梁欐之形。其旁出堡坞，有若门焉，窥之正黑。投以小石，洞然有水声；其响之激越，良久

乃已。环之可上，望甚远。无土壤而生佳木美箭，益奇而坚；其疏数偃仰，类智者所施设也。噫！吾疑造物者之有无久矣，及是愈以为诚有。又怪其不为之于中州而列是夷狄，更千百年不得售一伎，是固劳而无所用。神者傥不宜如是，则其果无乎！或曰："以慰夫贤而辱于此者。"或曰："其气之灵，不为伟人，而独为是物。故楚之南，少人而多石。"是二者，余未信之。[1]

柳宗元在贬谪至永州期间所作的《小石城山记》，作于806年或稍后的一段时期内。对于自然景观是否有意的建构和山水背后的造物主问题，它做出了一番黑暗而又精微的思考。这一山水景观表面上似乎是"建筑式的"因而也是包含某种意图的，但结果却发现，它原来不过是一样随机的、偶然的奇迹，正因为它与帝国的版图是分离开来的。

柳宗元的游记一开始就标示方位，给读者指路。我们要注意到，这些方位的精确程度，与位于帝国边陲、南方荒野之地的永州，是脱节的。这不是近现代导游图志的一种。由于写作是一种公众行为，柳宗元必然设定了北方中原地带的读者对象，可是就连其他被流放的王叔文集团成员也不太可能前往永州，有些人甚至直到回到京师才会读到他的文字描述。柳宗元在标示一个精确的方位，却并没有指望它们会被拿来当作指点方向的导游文字。其实，即使是在描绘人们比较有可能前往的地区的文字中，那一时代的作家们也不常像柳宗元在《永州八记》里这样清楚地"指

---

[1] 柳宗元，《柳宗元集》（北京：中华书局，1979）772—773 页。

路"。那么,他这样做究竟是在干什么?柳氏在为他人绘制一幅想象的空间,使其带有边寨情调的新颖陌生变得熟悉,在荒野间构筑一个可以理喻的版图秩序。一位长安的读者很可能对于永州的位置只有极其模糊的印象,而柳宗元的描绘却让他能够辨明小石城山相对于永州其他地理场所所处的方位。通过在荒野中营造一个令人感到熟悉的绿洲,柳宗元预兆了他在下文中将要提出的问题。

这里提到西出的那条道路具有特殊的意味,因为这条路本身不通向任何有意思的地点。那么,究竟为何还要提到它呢?无疑有千百个其他细节未被述及,然而柳宗元却选择了为我们记述一条歧路。提到道路之西出,是在形式上摹拟指路:它不可能有其他意图。向西的道路岔到一片空茫之中,一无所有:那是荒野的边缘。秩序与方向的问题在这里成了头等大事:它们是荒野的对立面。柳宗元形容他此次误入歧途的初游,用了一个很简单的词,然而在当时的诗学中却包含了丰富的意味:当他西行时,他"无所得"。"得"与写作具有密切关联(当诗人在某一特定环境中写下一联诗或一首诗时,常用"得"字来形容)。要使空间变得可以理喻,你必须"得",而"得"则要求它具备语汇或是一个名字,这是我们可以确定一个场所相对于另一场所的方位以及解释所走路径的唯一办法。永州的西山和黄茅岭显然不为身居京都的读者所知,然而提及它们彼此间的关系,是用名号来绘制地形图。"名"在这一语境中具有独特的涵义:它们不是"名山",在中国的想象版图上标志出可知的参照点。西山和黄茅岭不过是地方版图上的名字,只有永州地区的人才知道。

还有一条路,有所得的路,向北,再折向东。这条路在川流的分叉处忽然断开。我们注意到小石城山并非全凭机遇才顺路探到的意外发现；它是一个终点；道路通向该处，随即终止了。柳宗元将其看成是一个新发现，是一个"得"；然而是道路领着他信步至此，而他用了"小石城"这个名字，仿佛这名字早已有之。也许是柳宗元自己为山取的名；也许是柳宗元对其早有所闻，而且是他此次行程未经挑明的目的地。我们从文中所知的只是：他与它的相遇仿佛纯属巧合，而且它有一个名字。有名字的山拓展了可以理喻的空间；这不同于那条西出道路所通向的纯粹的荒野。

命名需要的是区别，能够识别某一场所并将它与其他场所区别开来的能力。荒野，顾名思义是不存在任何区别的。区别，使山成为可名之物的行为，在这里是通过类似、通过隐喻来表达自己的：山绝似一堵城墙（这里我们可将它与酷肖各种动物的钴𬭤丘相对照）。这种相似造成幻觉，似乎它具有蓄意造成的、可以辨认的形式。在形式方面，岩石看起来可以像是一堵城墙，但这本身并不足以保证有目的性的秩序的存在。然而，当柳宗元思忖嘉树美竹的排列，这种供人体验的非模拟性美学秩序（正如他自己在清理钴𬭤丘时所建造的秩序那样），使得柳氏怀疑这里的大自然乃是"智者"有意策划构筑而成。大自然与人工构造物的大体相似并不能证明自然模拟艺术；能证明这一点的，是两者共有的构型感。

这促发了柳宗元对于造物者的一番妙思。开始时，柳宗元凭直觉意识到大自然中存在着某种有意的组织安排，这似乎证实了造物者的存在。但柳氏随即对这一设想进行反驳，而他的反驳也建立在引人入胜的前提上：造物主的创造物，乍看之下似乎能使这一独特地点的秩序与世界的其他部分相谐调，但是作者突然决定这是不可能的，这不为别的，正是由于这个地点被四周的荒野所包围，一个局部的、显然是有目的性的秩序与整体的秩序并无关涉。有目的性的秩序使归属或拥有成为可能，它的成立取决于得到展现，取决于为人所赏识。倘若小石城山这一特殊的景观是造物主有意的构造物，那么这就是造物主在"售其伎"，而这需要有一位赏识者的存在才能实现。只有在得到观者赏识的时候，这一独特的技艺表现才可能是有意的；但是，小石城山所处的地理位置却使这种可能性成为问题。值得注意的是，这座山特别像是城墙，而城墙则是中原文明的标志。倘若我们假设荒野没有城墙与城池，未经开化的当地人又如何能够识别一种通过貌似中原文明来获得自身身份的地理特征呢？柳宗元显然并不觉得他自己的偶然造访值得让造物主花费大气力创造这一景观。

小石城山只能是荒野之中的假冒堡坞，它与城堡相似乃是出于巧合而非有意模仿。命名取决于秩序，而秩序则取决于得到辨识的可能性。秩序终究只能是一种展示。于是柳氏得出结论：神"不宜如是"。由此柳氏推断造物主不存在，无论是在小石城山的形成过程中还是在整个宇宙之中。这个结论给了我们一点启示，使我们了解柳宗元的描述为何会采取这一形式：它是一种文学展示，在为他人写作的文字中，把永州周围的地域组织成有意义的版图，但最终这一版图只有通过个人的体验才能获得意义。

柳宗元的文章结束于两种他人提出的虚拟解释，每一种解释都在试图说明这一显然是大自然有意安排的结构为何竟会置身于荒野之中。第一种解释诉诸柳宗元自身的处境：奇景被安置于此地是为了给柳宗元带来安慰，并非为了博得中原人士的普遍赞赏。这一解释把太多目的性赋予造物者,令人难以置信;如此具有远见、又对人如此关怀的造物者,只能是出于好心而编造出来的神话。第二种解释将奇石视作中土有识之士在荒野中的对应,则难以算作一帖安慰剂,因为它将奇景的生产仅看成是一种纯粹的机制对当地材料加以利用,缺乏目的或意义。柳氏援引上述两种解释,只是为了加以驳斥。我们最终所面对的是难以喻解的大自然,其表面上的奇迹乃系纯属偶然的构造物。[1]

我没有提到柳宗元对小石城山的描述中一个关键的段落。柳氏注意到山间某处"有若门焉"。这是一扇通向城墙仿制品内部的门扉,这一"内部"应该是人工构筑的目的所在。柳氏来到"门"边,向深不可测的黑暗内部窥视。他随即投下一块小石子,溅起了一阵水花,"洞然"有声,那是仿真构筑物中心的空洞发出的回声。

在南山和《南山诗》的中心,韩愈来到一泓湫潭前,这是龙的巢穴,嬗变的源头。怪兽隐匿不见,正如造物者在篇末隐匿不见一样。然而,山/诗的中心位置仍然有着神圣的痕迹。

> 因缘窥其湫,凝湛闷阴兽。
> 鱼虾可俯掇,神物安敢寇。
> 林柯有脱叶,欲堕鸟惊救。
> 争衔弯环飞,投弃急哺鷇。

---

[1] 在西方,"大自然的美"的观念的兴起源于与目的论有关的神性造物主的观念,它与艺术作品中对终极目的的直觉密切相关。这些是康德《判断力批判》中的核心问题。

这和《小石城山记》形成了最有意味不过的对照：柳宗元笔下的山，坐落于荒野之间而非帝国的中心，山中也有一泓潭水，但它空空洞洞，一无所有。南山是一处可读的山水景观，有起因，有中心，也有富于意义的对称。小石城山则是偶然的相似，是对精心策划的秩序的一个嘲弄而已。

诠 释

在九世纪之前的唐代文学作品中，对自然和社会现象的诠释一般都是以传统知识为基础而进行的重述和扩充。然而传统知识对于某一个具体问题的看法并不总是完全一致的。比方说，有人想写一篇天论，就有种种不同的关于天的论述供他吸收利用。像"天道"这样大的题目，儒释道三家都有不止一种论述传统，为展开这样的课题提供权威性依据。立论上的翻新可以是将不同的说法糅合起来，或重加改装。[1]这是一个讲求权威尤其是文本权威的时代，而这样的权威又有社会体制结构作为支柱。[2]七世纪和八世纪的这一特征，比其他任何现象，都能说明为什么可以从广义上用"中世纪"（medieval）来概括这一时期。如果我们接受这一概括，那么中国的中世纪则终结于中唐。

在中唐以前，写作基本上是一种公众性的表述，即使是在构筑私人空间时也是如此。那时，一个私人生活的天地，一个在价

---

[1] 我在这里避免使用"独创性"（originality）一词，而把它仅保留给某种特定的情形，也即创新的行为与创新者本人的特质是密不可分的。
[2] 我们应当在权威话语和不变的社会性或知性世界之间作一个明确区分。权威话语不过是对延续性和恒久性的肯定。事实上，在这几个世纪里的确发生了巨变，而许多看起来富有权威性的立场实际上来源于近代。

值取向上可以与个人对公众价值的承诺相分离的空间,尚未建立起来。在中古时代,对于隐逸之乐的吟咏会被解读成批评时政。然而在中唐,一个像白居易这样的作家宣言家居之乐,却不会引发类似的怀疑。

诠释以"个人"的面目出现,是中唐写作的最显著的特征之一。与此相关联的,是在原来不需要诠释的地方提供诠释。我们可以将它与欧洲思想史上相对应的时期做一番比较:在文艺复兴及新教改革时期,教会和亚里士多德学派的传统文本权威受到了挑战;在这样的情形中,对传统文本权威的抨击是以对新权威的确认为后盾的,而新的权威来自于实际观察、理性、不通过教会而直接诉诸人心的上帝,等等。但是,尽管这些都构成了对传统文本权威的挑战,它们却都不是真正的"个人化"诠释。从机智而充满奇想的十七世纪,到某一种诠释成为必须在注解里面加以承认的个人资产的现代世界——只有在这期间,"个人化诠释"才作为一种观念在西方生根。

明显十分个人化的诠释曾在中唐出现过一时,且其出现的方式也很奇特:这样的诠释带着权威的口吻,却并没有任何权威的依据。而且,它们也并不诉诸理性或者个人的学习与思考(这些在宋代变得非常重要)。[1] 也就是说,中唐作家的口气,常常带有权威性诠释的不假反省的自信,然而却没有约定俗成的传统公理作为依据来支撑自己的立场。其结果便是产生了各种不同的理

---

[1] 参见 Steven Van Zoeren, *Poetry and Personality: Reading, Exegesis, and Hermeneutics in Traditional China* (Stanford: Stanford University Press, 1991);包弼德,《"斯文":唐宋思想的转型》(南京:江苏人民出版社,2001)。

论口吻。其中之一便是设想在这个世上存在着一种妖魔化的、充满威胁、不可理喻的秩序,带有强烈的妄想气息,如我们在孟郊和李贺的诗中所见到的。个人化诠释的另一个常见后果,是提出或者富于讽刺性、或者带有反讽可能的假说。带来问题最少的,是白居易戏谑性的诗作,通常就细节琐事发一通机智的议论。比较麻烦的是韩愈的一些文章,对严肃的情境做出解释,而其解释又是如此不合常轨,以至于令人不知该如何对待。比如说他的《鳄鱼文》。

维年月日,潮州刺史韩愈,使军事衙推秦济,以羊一猪一,投恶溪之潭水,以与鳄鱼食,而告之曰:"昔先王既有天下,烈山泽,罔绳擉刃,以除虫蛇恶物为民害者,驱而出之四海之外。及后王德薄,不能远有,则江汉之闲,尚皆弃之以与蛮夷楚越,况潮岭海之间,去京师万里哉?鳄鱼之涵淹卵育于此,亦固其所。今天子嗣唐位,神圣慈武。四海之外,六合之内,皆抚而有之。况禹迹所掩,扬州之近地,刺史县令之所治,出贡赋以供天地宗庙百神之祀之壤者哉?鳄鱼其不可与刺史杂处此土也。刺史受天子命,守此土,治此民。而鳄鱼睅然不安溪潭,据处食民畜,熊豕鹿獐,以肥其身,以种其子孙;与刺史抗拒,争为长雄。刺史虽驽弱,亦安肯为鳄鱼低首下心。伈伈睍睍,为民吏羞,以偷活于此耶?且承天子命以来为吏,固其势不得不与鳄鱼辨。鳄鱼有知,其听刺史言。潮之州,大海在其南。鲸鹏之大,虾蟹之细,无不容归,以生以食,鳄鱼朝发而夕至也。今与鳄鱼约:尽三日,其率丑类南徙于海,以避天子之命吏。三日不能,至五日；五日不能，至七日；七日不能，是终不肯徙也；是不有刺史，听从其言也；不然，则是鳄鱼冥顽不灵，刺史虽有言，不闻不知也。夫傲天子之命吏，不听其言，不徙以避之，与冥顽不灵而为民物害者，皆可杀。刺史则选材技吏民，操强弓毒矢，以与鳄鱼从事，必尽杀乃止。其无悔！"〔1〕

在《鳄鱼文》中，韩愈有意把自然界的道德法则（和国家政体的道德法则密不可分）强加于一个实际上不可能发生的情形。〔2〕他诉诸皇帝赋予他的权力，限令鳄鱼离开潮州。接着他提出了另一种可能性，也就是说，国家政体的道德法则也许没有办法传达给自然界，而鳄鱼也许确系"不灵"之物。〔3〕在文章结尾处，我们无法也无须在这两种不同的诠释之间做出选择。如果鳄鱼不走的话，那它们要么是有意抗拒，要么是愚蠢不灵，而无论是哪种情况，对它们都该赶尽杀绝。

正史中的韩愈传特意告诉我们说鳄鱼果真离开了潮州。给故事加上这样一个结局，是因为必须承认国家政体在自然界中的道德权威。这样的一个结局，是唯一能使这一重要问题（按即鳄鱼到底是有意抗拒还是愚蠢不灵）不再悬而未决或悬而难决的。然而与此同时，鳄鱼果真离开了潮州这样的消息将我们带入了

---

〔1〕 马其昶《韩昌黎文集校注》（上海古籍出版社，1964）330—331页。
〔2〕 我们也应该注意到，就像在《谏迎佛骨表》、《答李翊书》中那样，《鳄鱼文》也是通过排拒，通过驱除外来的、"不合适"的因素来立论的。
〔3〕 "灵"是一种"神明"的属性，然而它也是万物心智的属性；所以《书经》说"惟人万物之灵"。

"奇"的领域；也就是说，这则故事值得载入史册，只不过因为韩愈的文章产生了出人意料的结果。而韩愈在文章末尾让上述问题悬而未决，因此得以把它控制在一个合乎常理的范畴之内。

让我再复述一遍：倘若鳄鱼不走的话，那么它要么是有意抗拒，要么是愚蠢不灵，无论是哪种情况，对它们都该赶尽杀绝，而在这两种诠释之间却很难定夺。我个人倾向于认为鳄鱼并未离开潮州，而且韩愈本来也没有指望它们会离开。韩愈的文章，有意地（也许是机智地）对大自然是否"有知"或"有灵"提出质疑，而史传的记载让鳄鱼离开，是唯一能够证实大自然确实"有知""有灵"的途径。把多种可能性简化为刘禹锡在《天论》开头所提出的两种版本——天（也即自然）是有目的性的道德秩序，和天是混沌不灵的机械运作——是远远不够的。而把一个"高级"的哲学问题运用到鳄鱼身上，也产生了一种极大的不协调感，这种不协调感包含了一种危险，就是把韩愈的问题变成带有讽刺性的，从而使得问题的严肃性打了折扣。[1]这些大问题按理来说是可以普遍适用于万物的，可是中唐作家很明白在普遍适用的大道理和常识之间的矛盾，以及其中潜在的喜剧因素。

韩愈把一个当代哲学问题拿来，以文学家的方式游弋其中，并在其中创造出一系列矛盾和不协调，使之无法被简化为一个单

---

[1] 许多学者都会把该文当作是在单纯地表达韩愈的儒家道德秩序感以及儒家道德秩序在大自然中的角色。这是一个很大的问题；然而，这样一种解释忽视了该文的反常性。唐代的刺史通常不会针对当地的动物发出一份正式的文告。该篇文章也有可能是针对地方风俗信仰所做出的折中反应，客气地承认鳄鱼崇拜的前提，同时以儒家话语重述人和鳄鱼的关系。但即便是这样的话，它仍然是具有讽刺性的。

一的立场。游弋于不同观念的冲动,当它带上强有力的权威口气时,说话人的真正目的是什么便打上了问号。韩愈创造了一个问题,为他作传的史官必须借助于这样一个结果——让鳄鱼离开——来解决这一问题。无论多么不现实,只有这个结果才能使世界重新变得可解与合理,也使刺史的告示恢复其有效性和目的性。

中唐作家有一种趋向,即把个人化诠释作为纯粹的假说、作者自己的建构提出来,而韩愈有许多文章都是这一趋向的极端表现。不管他如何明确地声称他的诠释包含着真理,他同时也可以因为诠释完全属于他的个人意见而对其有效性推卸责任。韩愈有一个最有名的假说是由柳宗元来转述的。[1]

> 韩愈谓柳子曰:"若知天之说乎?吾为子言天之说。"

柳宗元《天说》的开头极为突兀:韩愈要跟他谈论"天之说",由于没解释究竟发生了什么才导致韩愈提出这一问题,韩愈的口气显得十分急迫。"若知"预设了柳宗元的"不知"。这样的预设很不寻常,因为我们会觉得柳宗元肯定是知道一些"天之说"的——至少是对常识的重述和改装。这样的开头让我们期待着听到某种崭新的说法。"说"这一文体概念本身,在这一时期即倾向于代表某种独特的诠释。于是乎我们有理由将开头翻译成:"你知道'我的'天之说吗?让我来告诉你'我的'天的学说吧!"从下文来看,《天说》也果然是有关人在宇宙间的位置的最

---

[1]《柳宗元集》(北京:中华书局,1979)441—443页。

独特的诠释。

就像针对潮州鳄鱼为患，或者针对孟郊失子那样，韩愈独特的诠释是由危机所激发的：把天视为道德秩序的主流诠释显然行不通了。

> 今夫人有疾痛、倦辱、饥寒者，因仰而呼天曰："残民者昌，佑民者殃！"又仰而呼天曰："何为使至此极戾也！"若是者，举不能知天。

对于这样一种不可喻解的受苦受难，最简单的回答就是"命"定的，而不去管深不可测的天道到底公平不公平。然而在韩愈的友人和同时代人的作品当中，我们却看到了人格化的天：天要么是自私自利，要么就是冷漠无情。韩愈现在要来说明，在表面上的黑白颠倒背后，天仍然是一种道德秩序。

> 夫果蓏饮食既坏，虫生之；人之血气败逆壅底，为痈疡、疣、痔，虫生之；木朽而蝎中，草腐而萤飞，是岂不以坏而后出邪？物坏，虫由生之；元气阴阳之坏，人由生之。

把人比作烂果痈疡中的蛆虫或朽木中的蛀虫，是有意骇人听闻，它违背了人们通常所相信的人乃万物之"灵"的等级观念。韩愈有意使用了在唐代的高雅话语中会被视为粗糙的语汇（尽管庄子会称许他）。类比常常跨越等级差异，然而如此颠倒尊卑等级秩序——以至于人类成了一系列破坏分子中最糟糕的败类——却鲜有所闻。

> 虫之生而物益坏，食啮之，攻穴之，虫之祸物也滋甚。其有能去之者，有功于物者也；繁而息之者，物之仇也。人之坏元气阴阳也亦滋甚：垦原田，伐山林，凿泉以井饮，窾墓以送死，而又穴为偃溲，筑为墙垣、城郭、台榭、观游，疏为川渎、沟洫，陂池，燧木以燔，革金以镕，陶甄琢磨，悴然使天地万物不得其情，幸幸冲冲，攻残败挠而未尝息。其为祸元气阴阳也，不甚于虫之所为乎？吾意有能残斯人使日薄岁削，祸元气阴阳者滋少，是则有功于天地者也；繁而息之，天地之雠也。今夫人举不能知天，故为是呼且怨也。吾意天闻其呼且怨，则有功者受赏必大矣，其祸焉者受罚亦大矣。子以吾言为何如？

类比所要求的，与其说是证据，还不如说是对具体细节的充实，以其丰富性来增强喻理。一个好的类比会激发作家去挖掘这样的细节，而在这里，离经叛道的类比引发出更多离经叛道的细节。人类成为祸患恰恰由于那些构成人类文明的要素——垦原田、筑城郭、修坟墓——这些通常都是韩愈所赞成的。柳宗元看出了韩愈观点中激进的道家自然主义，他在这一点上是对的，不过他不肯看到其中比庄子更激进的根本分歧点。在某种层次上，庄子还算是个人道主义者。庄子会把同样的事实解读成文明对人性的扭曲，这一扭曲需要用哲学立场来救治。韩愈则站在天地的立场上，把人类文明解读成罪孽，必须接受天的惩罚。天并不直接出面操纵，把人类蛆虫从大地表面抹去，而是对人类中某一个体的无端夭折或遭殃感到幸灾乐祸。

柳子曰:"子诚有激而为是邪?则信辩且美矣。吾能终其说。彼上而玄者,世谓之天;下而黄者,世谓之地;浑然而中处者,世谓之元气;寒而暑者,世谓之阴阳。是虽大,无异果蓏、痈痔、草木也。假而有能去其攻穴者,是物也,其能有报乎?繁而息之者,其能有怒乎?天地,大果蓏也;元气,大痈痔也;阴阳,大草木也,其乌能赏功而罚祸乎?功者自功,祸者自祸,欲望其赏罚者大谬;呼而怨,欲望其哀且仁者,愈大谬矣。子而信子之仁义以游其内,生而死尔,乌置存亡得丧于果蓏、痈痔、草木耶?"

柳宗元所转述的韩愈"天说",以为人类乃自然造化的蛆虫,应该彻底戕灭,是如此违背对天道的传统阐述,以至于我们不知道该怎么来理解它。也许,倒不如把韩愈的"天说"看成是鳄鱼的辩护词。一定是有什么因素,驱使韩愈作出如此独特的类比,以至我们不知道这是否是韩愈的真实意图,或者他希望借此说明什么。韩愈实际上使道德秩序在天地间得以保存,而以牺牲其传统内容为代价。也就是说,他的"天说"解释了为什么上天表面上的不公平实际上乃是公平而不是冷漠无情。韩愈制造出来一套理论来调和人们的信念(天是公平的)与现实(天戕害人)。

我们应该区分建立在"类型呼应"(categorical correspondences)基础上的论述和建立在"类比"(analogy)基础上的论述。在某种层次上,这两者都是通过类比进行论述;然而,建立在"类型呼应"基础上的论述诉诸约定俗成的类比,因此,这样的类型呼应在根本上显得很"自然",同类事物享有相似特质。韩愈的论述则是"类比型"的,因为这样的类比令人吃惊,运用人们所熟悉的而且具有权威性的类型呼应形式，但其内容却出人意料。正是韩愈通过这样的论述手段所得出的"发现"才使得柳宗元回答道："信辩且美矣"。所谓"辩"，正是指这种严格遵循类比论证而导出新鲜结论的特殊才能，而"美"的评语则更有意思。从上下文来看，这里的"美"显然不是令人愉悦的；而作为一个论点，它十分诱人，以其修辞、更以其论证解决问题的方式而打动人心——尽管其结论过于偏激，让人无法接受。通过"辩"与"美"二字，柳宗元将读者的注意力从韩愈的观点本身转向其修辞效果。

　　柳宗元对韩愈"天说"的最初反应特别有意思："子诚有激而为是邪？"柳宗元以这样的评论对韩愈的诠释做出诠释；也就是说，他把韩愈的观点解释成对某种个人不幸遭际的回应，于是也就限制了韩愈"天说"的普遍真理性，不能拿它来解释任何超出韩愈个人困境之外的东西。这样做的话，柳宗元也就削弱了韩愈"天说"中较有趣也较成问题的因素，把它变成了具有反讽性的和具有"一定"道理的。韩愈的天道观——认为天具有道德意志但是对人怀有敌意——几近于不可思议。柳宗元不满足于把韩愈的观点简化为对个人遭际的回应，他进一步提出，天是超越道德人伦的机械体系，从而使天重新变得可以喻解。这是传统知识的一个翻版，也就是道家学说的翻版。而这正是韩愈的天说所要力图避免的，以调和天的道德意志和人类无辜受难之间的矛盾。刘禹锡的《天论》则发展得更为完善，它精心否定了韩愈的危险论说。韩愈没有权威的话语根据却采用权威口吻，这种能力使他的论说格外具有威胁性，从而引发了对这一重大问题更加"严肃"的思考。然而在其实质上，刘禹锡《天论》的功能和鳄鱼离开潮州的轶闻是相同的：它试图解决和平息一个被启动的问题。

韩愈的诠释是纯粹个人化的，因为这是他自己一手制造出来而且违背常识的。当这样的诠释以自信的权威口吻被提出来时（韩愈非常擅长使用这种权威修辞），诠释就有可能被人解读成是说反话，或者纯粹主观性的，正如柳宗元把韩愈的天说归因于韩愈的个人烦恼那样。

如前所述，和个人化的诠释紧密相关联的，是对原本无须做诠释的情形做出诠释（比方说公开解释为什么要驱除境内的鳄鱼）。社会生活中有某些情形，需要对自己的情感反应做出规范性的表述。比如说，有人去世了，在这样的情形下，作家应当表达悲伤之情，或者为他自己，或者为丧失亲友的人。这样的反应规范，相当于一种个人化的仪式。但是，对这样一种情形做出诠释，则完全是另外一回事了，也就是说，它反映了对这种情形进行控制和把握的欲望。当我们把这样的诠释和它试图控制的情感进行比较的时候，我们会发现，它总是有变成纯粹的理性说明的危险。

韩愈，孟东野失子

东野连产三子，不数日辄失之。几老，念无后以悲。其友人昌黎韩愈惧其伤也，推天假其命以喻之。

失子将何尤，吾将上尤天。女实主下人，与夺一何偏。
彼于女何有，乃令蕃且延。此独何罪辜，生死旬日间。
上呼无时闻，滴地泪到泉。地祇为之悲，瑟缩久不安。
乃呼大灵龟，骑云款天门。问天主下人，薄厚胡不均。
天曰天地人，由来不相关。吾悬日与月，吾系星与辰。

> 日月相噬啮，星辰踣而颠。吾不女之罪，知非女由因。
> 且物各有分，孰能使之然。有子与无子，祸福未可原。
> 鱼子满母腹，一一欲谁怜。细腰不自乳，举族常孤鳏。
> 鸱枭啄母脑，母死子始翻。蝮蛇生子时，坼裂肠与肝。
> 好子虽云好，未还恩与勤。恶子不可说，鸱枭蝮蛇然。
> 有子且勿喜，无子固勿叹。上圣不待教，贤闻语而迁。
> 下愚闻语惑，虽教无由悛。大灵顿头受，即日以命还。
> 地祇谓大灵，女往告其人。东野夜得梦，有夫玄衣巾。
> 闯然入其户，三称天之言。再拜谢玄夫，收悲以欢忻。

我们该怎么来读这首《孟东野失子》呢？韩愈再一次提出一个明显的假说，和常规的劝慰之辞相比，显得极不谐调。如果我们把它和韩愈的"天说"放在一起阅读，就更令人不适了——在"天说"里，那些抱怨天道不公的人（就像诗的开头孟郊所做的那样），被告知他们只是蛆虫，他们的戕灭是天所乐意见到的。该诗不仅代表了没有常识作为权威性依据的权威性修辞口吻，而且诗本身即体现了寓言内部表达出来的矛盾：上天一开始否认它与人间有任何关系，接着却又做出人类必须敬服的论断，就好像上天确是人类主宰似的。该诗作于友人失子之后，这样的场合不容许我们对诗做出反讽性的解读，但是在这里，诗人的诠释显然已经变成了对痛苦人生体验硬要给出一个道理。该诗简直是在逼迫孟郊强颜欢笑，告诉他如若不顺从上天教诲的话，那他就是不可救药的"下愚"。

张籍（约776—829）在一封有名的书札中，指责韩愈过于喜爱戏谑，这不无道理，可是也只说对了一半，因为张籍未能把握更大的语境，韩愈的幽默只是那个语境的一部分。韩愈不能自制地提出种种诠释，却不太尊重传统诠释或规范性反应在唐代社会中所扮演的功能性角色。韩愈有天才，而天才总是有些"不正常"的。正如他在《陆浑山火》一诗的结尾处所承认的，他明知应该住嘴，可就是管不住自己的舌头。

不过，韩愈的说理，在孟郊诗化的疯狂面前黯然失色。孟郊吐出了诠释的碎片，为失子做出解释。他的诗一开始描写春霜杀死杏蕾，以此比喻幼子夭折，但他很快就失去了对类比的控制。

杏 殇

杏殇，花乳也，霜蕍而落，因悲昔婴，故作是诗。

其一
冻手莫弄珠，弄珠珠易飞。惊霜莫蕍春，蕍春无光辉。
零落小花乳，烂斑昔婴衣。拾之不盈把，日暮空悲归。

其二
地上空拾星，枝上不见花。哀哀孤老人，戚戚无子家。
岂若没水凫，不如拾巢鸦。浪毂破便飞，风雏袅相夸。
芳婴不复生，向物空悲嗟。

其三
应是一线泪，入此春木心。枝枝不成花，片片落蕍金。
春寿何可长，霜哀亦已深。常时洗芳泉，此日洗泪襟。

其四
儿生月不明,儿死月始光。儿月两相夺,儿命果不长。
如何此英英,亦为吊苍苍。甘为堕地尘,不为末世芳。

其五
踏地恐土痛,损彼芳树根。此诚天不知,翦弃我子孙。
垂枝有千落,芳命无一存。谁谓生人家,春色不入门。

其六
冽冽霜杀春,枝枝疑纤刀。木心既零落,山窍空呼号。
班班落地英,点点如明膏。始知天地间,万物皆不牢。

其七
哭此不成春,泪痕三四斑。失芳蝶既狂,失子老亦孱。
且无生生力,自有死死颜。灵凤不衔诉,谁为扣天关。

其八
此儿自见灾,花发多不谐。穷老收碎心,永夜抱破怀。
声死更何言,意死不必喈。病叟无子孙,独立犹束柴。

其九
霜似败红芳,剪啄十数双。参差呻细风,唅喁沸浅江。
泣凝不可消,恨壮难自降。空遗旧日影,怨彼小书窗。

这组诗有不少地方太私人化,显得暧昧不明,但有些东西是十分清楚的。诗开始把凋零的花苞比作婴衣,渐渐地,杏花与殇婴之间的类比变得越来越繁复。没于水中的凫和离巢的雏鸦令人想到凋落的杏花(落花习惯上被称为"飞花")。然而凫的出水,雏鸦在风中的自由翱翔,更强化了杏蕊的夭折和婴儿的死亡之间的独特类比——和凫与鸦不同,花和婴儿都将永久地沉沦。

在组诗的第三首中,这种独特的类比,通过移情感应,变成了一个责任问题;而这样的类比结构导致了明确的诠释:"应是一线泪,入此春木心。"这首诗充满了对针线布帛的联想,从霜之"剪"到洒落满地的婴衣,再到诗人的一"线"泪,穿入树木之"心",而导致杏蕊之殇。

在这组诗中我们再次面对自然的道德秩序和它与人间道德秩序的关系问题。一个纯文学比喻变成了一个更深层次上的类比,转而又变成了移情感应;当移情感应占据主导地位时,便出现了因果关系和道德责任的问题。然而作类比和诠释的过程并没有就此告终。在组诗的第四首中,孟郊建立起反向的呼应关系,而推卸了责任感。月亮的盈亏和婴儿的生死交替出现。开始诗人的解说很单纯,用月相来譬喻婴儿的短命。然而很快这就变成了因果关系:月的光盈夺去了儿的性命。在这样的诠释中,杏蕊无须进入诠释系统,它们自愿堕地而亡。

在下一首诗中,孟郊必须做出另一套解释。他非但对杏蕊的凋零没有责任,相反还小心翼翼地缓步而行,生怕伤了杏根。他对低微生灵如此倍加呵护,与上天对他的不仁相对比,显得很不相称。在这组诗的其他几首诗中,诗人的联想彻底失去了控制:不但"木心"零落,孟郊自己也收拾"碎心",成了一束干柴。他既是主体又是客体,既是肇事者又是受害者。孟郊把儒家"生生"（生命诞育生命）的原则颠倒过来，将自己的容颜描绘成"死死"——由死亡产生死亡。

冻珠、落星、点点明膏、凝泣、唅唱沸江，一连串的意象令人目不暇接，每一个都附带着零星的类比性诠释，却都没有进一步发展这些诠释。末了只剩下对意象的拒绝——不忍看到书窗投下的影子，那应该就是杏树的影子。

没有反讽性作为保护性的间距，中唐文人轻易地解释一切、寻求意义的冲动就会成为狂人的语言。世界的不透明性，它对于稳定诠释的抗拒，有时候会让人怀疑在冥冥之中控制一切的意志也许是恶意或残酷的。这种反复出现怀疑，使中唐成为中国文明史上也许是独一无二的时期。

下面李贺的这首诗，是这一时期最古怪的诗之一。诗人提出一种诠释，似乎要为满怀恶意的神祇开脱。李贺的诗令人想到《招魂》中的魍魉世界，栖居着意图噬人的妖魔。《招魂》有多种诠释，其中一种认为该诗乃为流放中的屈原（所谓的"佩兰客"）而作。

噬人和被噬的意象充斥李贺的诗。诗中的"舐掌"，本来是说冬眠时熊靠舐掌疗饥（熊掌在古代被视为珍馐）。鲍焦是一个自耕自食的隐士；当他发觉他所食的枣子并非自己所种，他立即吐出枣子并当场死掉。颜回，孔子最喜爱的弟子，过的是箪食瓢饮的清贫生活并不幸早夭。

诗的结句所用典故是东汉王逸为《楚辞·天问》的创作背景所作的解释。据说屈原因见到壁画上的天地神灵而作《天问》。按照王逸的说法，选择《天问》而不是语序上更自然的《问天》，是因为"天尊不可问"。

> 天迷迷,地密密。
> 熊虺食人魂,霜雪断人骨。
> 嗾犬狺狺相索索,舐掌偏宜佩兰客。
> 帝遣乘轩灾自灭,天星点剑黄金轭。
> 我虽跨马不得还,历阳湖波大如山。
> 毒虬相视振金环,狻猊猰貐吐馋涎。
> 鲍焦一世披草眠,颜回廿九鬓毛斑。
> 颜回非血衰,鲍焦不违天;
> 天畏遭衔啮,所以致之然。
> 分明犹惧公不信,公看呵壁书问天。

诗的开头,回响着《招魂》的旋律。魂魄迷失在混沌之中,天地都是封闭的。在《招魂》中巫师受天帝之命,告诫魂魄莫去遥远的四方,如果回到中央之地,就可以享受宫室广厦的奢华极乐。在李贺的诗中,好人被无数吃人的魑魅包围,天帝派车马来庇佑他,他却不得归还。末了诗人解释道,天帝之所以要让好人夭折,是为了让他们免遭噬啮。这究竟是一个什么样的宇宙?

李贺诗中所描绘的世界不同于《招魂》。在《招魂》中魑魅魍魉遍布四方,然而都是在远方。相反,李贺诗题所传递的信息乃是"无出门",饥饿的魑魅就近在咫尺。孟郊写道:

> 出门即有碍,谁谓天地宽?

"天地"在李贺的诗中也并不宽敞;但在这里,天地不仅是不"宽"而已,而且一旦出门,就会遇到食人魂的熊虺。到处都有被吞食的危险。犬受嗾使,而熊饿极舔掌。好人的游魂是它们掠取的食物。

天帝介入了这个恐怖世界,就像他介入了《招魂》的世界一样。救援似乎就在眼前:有轩车带好人离开,有天星点剑护驾。但接下来发生的事不甚明了。诗人也许在倒叙,也许原先要来搭救他的天帝最终将他遗弃。我们看到他"跨马不得还",四周湖波如山,毒虬、狻猊、獬貐垂涎欲滴,随时准备吞食他。

所有这一切都需要某种说法,一个诠释。李贺提出的假说,在这一语境中显得十分黑暗悲观。诗中的"屈原"角色被比作鲍焦和颜回,他们遭到天戕是因为上天害怕他们会被吞食。颜回箪食瓢饮,而鲍焦则死于唯一的一次误食非自耕之食物——他死于"出门"之后(我们想到冬眠中的熊,靠舔自己的掌维生)。他们都是好人,他们都未曾违天;可是他们都被毁灭了——这样他们就不会遭到"衔啮"。

这就是诠释;它是如此"分明";可你还是不会相信。诗的最后,李贺给他的假说提供了一个最奇怪、最不合逻辑的证据:一个不满足的形象,满怀没有得到答案也无法给出答案的问题。诗人指向一个屈原式的人物,他不再站在门外,被危险所包围,而是在室内面壁,以不礼貌的"问天"(而不是"天问")呵责墙壁,要求得到一个回答。当孟郊要"问天三四语"时,他最终明白过来这是枉费唇舌:"一寸地上语,高天何由闻?"

李贺提出的解释,他没有打算要我们相信。他嘲讽地模拟权威性的诠释,令人对宇宙的道德秩序感到怀疑。他以解释来显示天地是如何迷迷密密、不可喻解。

我们已经来到诠释的极限。现在让我们来看看两首在格调上迥然不同的诗。就像韩愈和孟郊的诗那样,这两首诗也是关于婴儿的夭亡的。这便是白居易追念幼女金銮子的两首诗。

念金銮子

其一

衰病四十身,娇痴三岁女。
非男犹胜无,慰情时一抚。
一朝舍我去,魂影无处所。
况念夭化时,呕哑初学语。
始知骨肉爱,乃是忧悲聚。
唯思未有前,以理遣伤苦。
忘怀日已久,三度移寒暑。
今日一伤心,因逢旧乳母。

其二

与尔为父子,八十有六旬。
忽然又不见,迩来三四春。
形质本非实,气聚偶成身。
恩爱元是妄,缘合暂为亲。
念兹庶有悟,聊用遣悲辛。
暂将理自夺,不是忘情人。

白居易平白如话的诗风试图以一种迥异于八世纪常规的方式来传达真情实感。它表面上的朴实无华掩盖了诗人对作诗积习的有意背离。组诗的第一首,按照"规范"写法,应该顺着事件发生的顺序,叙说与金銮子乳母的相逢,接着才转向对自己失落感的反省。这便是所谓的"感—应",被普遍视为诗歌创作的基础。

白居易却作了不同的处理。他给诠释的欲望本身设立一个框架,把它作为反思的对象。他从叙说失女开始,然后告诉我们几年以前,他如何借"理"来解释丧女,抚平创伤。这种理性的诠释并未完全失败,三年来他的确暂将创痛忘怀。但在诗的结尾处他遇到了乳母,于是安抚失效了。不过白居易并没有这样来表述;他用了一个没有必要如此直露的"因"字,把相逢和伤心联系起来。尽管这首诗对比了不可自控的情感冲动和反省式的诠释,但这一对比本身就构成了一种反省式的诠释行为。

在第二首诗中,白居易重新试图以形质非实、恩爱无常来安慰自己。到最后,慰藉又是一场空,不过这一次没有历时太久,而是转瞬即逝。诗的末句告诉我们"理"根本就不起作用。而白居易对情胜过理的观察本身就是一种"理",是富于理性的诠释。

长期的安慰为一场偶遇所打破,暂时的安慰也因为诗人知道理不胜情而破灭。这两种情况告诉我们,诗人对女儿之死的诠释乃是"聊以自夺",也就是说,他的诠释是受到个人动机驱使的建构,不足以承担感情的重量。这基本上就像柳宗元对待韩愈荒诞的"天说"那样,把它归咎于韩愈的个人遭遇,以此来框定和限定他的诠释。孟郊的《杏殇》也是如此,尽管不那么显豁。我们把他的诠释行为解读成一个因哀伤过度而失常的人绝望的建构。

诠释行为的种种变型标志着人们对主体意识的自觉。主体性先前或多或少与意识形态融为一体,在内心生活和对外界规则的理解之间并没有实质性的隔阂。在白居易的诗中，我们看到主体为感情所打动，对这些感情来说，仅仅识"理"（理性原则或自然法则）是不够的（这种做法开始了情和理之间的对立，这种对立在后来的历史时期将会变得更加显著）。这种"理"观包含了理性的极限，且将诠释行为视为有感而发，为"主体"在公众论断之外开辟了一个空间。在我们上面所讨论的其他例子中，个人化的诠释意味着一个做出诠释、但不能被自己的诠释限制住的主体。在传统知识的中古阶段，自我可以通过文章加以再现，而且自我的运作也是可以被解释的。在这个中唐的新世界，主体性则被安置在它所提出的解释、它所做出的诠释的"后面"。对倔强的主体性的发现，属于我们所谓"私人天地"的一部分，我们首次遭遇这一"私人天地"就是在中唐。

鳄鱼，命运的打击，还有更重要的，死亡——在所有这些情况当中，诠释行为都是在对抗某种绝对的、富有威胁性的外界意志。然而对于整个文化来说，个人诠释行为所产生的最重要的后果并不在于此，而在于一些并不那么危急的情形。在这里，诠释可以打造出一个小天地，而不仅仅是对强大的外界力量做出回应。在中唐，我们看到文学诠释行为和私人生活之间的默契同谋关系在不断加强：构筑园林，营造微型世界，改善家居生活。

机智与私人生活

中唐时代,个人性的诠释绝非仅仅限于天道、死亡、毁灭之类的大问题。它最为典型的形式,或许乃是一种戏谑式的机智;它很轻松,诠释行为看来似乎是没来由的。这一类机智的游戏,往往与家庭生活的小小乐趣相连;比如,带有季节性和地方性的食笋的味觉快感。

白居易《食笋》(22038)

此州乃竹乡,春笋满山谷。
山夫折盈抱,抱来早市鬻。
物以多为贱,双钱易一束。
置之炊甑中,与饭同时熟。
紫箨坼故锦,素肌擘新玉。
每日遂加餐,经时不思肉。
久为京洛客,此味常不足。
且食勿踟蹰,南风吹作竹。

高雅的竹子,传统上是坚贞的象征,而此处,它的幼笋则是一种佳味和商品。笋多,故而价廉,但一点也不因此减色。获取竹笋的欣悦,与食笋的快乐一般无二,虽然不应看轻后者——白居易诗中甚至有一联描写了煮食竹笋的最佳方式。

作为"高级"文学意象的竹子,与此处可口竹笋之间的差别,也就构成了通常意义上的"诗意"与这一有关家常乐趣的唠叨诗作之间的对比。诗的风格应该展现出有如竹笋一般的自然单纯、新鲜别致。似乎为了特意显示诗歌整体上如何没有诗意,白居易诗中有一联着力渲染和戏拟所谓的"诗意",近乎色情地描绘了剥笋:

紫箨坼故锦,素肌擘新玉。

这一修辞层次上的突兀变化,凸显出某种"诗意"的表现。诗人虽然剥去包裹着"素肌"的"紫箨",卑微的竹笋却得到了众多形象比喻作为"装点"(古代中国与欧洲一样,对文学的形象化本身常以衣饰装点作为比喻)。不过,这一诗意装点置于全诗显见的简素措辞之中,便呈现出反讽甚至喜剧性。

对诗意装点的戏仿铺垫了以下更具喜剧性的一联。白居易在下一联中对典故的处理,与上联中对诗意措辞的处理是一样的:

每日遂加餐,经时不思肉。

这一联无疑让人想起《论语》第七篇第十四则,孔子听到韶乐以后,"三月不知肉味"。中唐吃素的美食家,把自己放在了感叹辉煌文化现象的圣人的地位。对两种权威话语形式——高雅的诗性措辞和儒家经典——的善意戏谑，标志着与传统文化的关系发生了变化。这些权威的话语形式，对作家不再是绝对的律令，或者接受或者违抗；相反，诗人可以自由利用它们来达到自己的目的。

《食笋》是中唐的典型，它将注意力挥洒到微末的事物，赋予它们过度的价值和意义。白居易特意提示我们竹笋何等丰富、何等"贱"（"贱"既意味着价廉，也有卑微的意思），人们如何"早市鬻"以求在竞争中胜出——市场上很快就会充盈过剩。诗意地赋予某物的价值，与某物通常所具有的较低的价值之间，存在差别，这造就了"溢余"（surplus）；这一溢余即是"机智的"（witty），它并非来自事物和境况本身，而是源于诗人自己。这种诠释的溢余属于诗人，是诗人创造出来为了自娱的。让我们把这个关于经济的隐喻用简明的语言来表达吧（白居易自己就很喜欢注意到物的商品价值，因此用经济比喻来描述他是很合适的）：那也就是说，诗人择取价值微末的原材料，对它进行诗意加工，把它打造为较原来价值更高的成品；而添加上去的价值溢余，属于诗人。这是一种确认所有权、标志某物为己有的方式。

从微末的材料，创造出有价值的物品，这不限于语言的领域；有时，为了诠释的需要，必须对物质世界做出改易。诗人运用机智，创造、安排事物之时，诠释行为便与有意筹划上演的家庭乐趣难以区分开来，诗人的财产成了舞台道具。小型甚至微型，是创造诠释溢余的关键。太平公主的巨大庄园，从长安城绵延到终南山，是不合适的。太平公主只能盘算占有；而中唐诗人则可以任意挪用占有物，用显然超乎事物本身的诠释将它一网打尽。只有在诠释中、也只有通过诠释，事物才拥有价值。诠释行为成为对事物的体验，成为相对于事物之微小、低廉价值和日常性的重要的溢余。别人仅仅消费竹笋而已，白居易则使它们成为永久留存的产品。

"兴与感"（或者"激发与回应"）的传统诗学，是连续性的：诗人的经验是第一位的，随之而来的诗歌文本是经验的果实。中唐时，诗与经验之间，形成了一种新的——常常是清晰表达出来的——交互关系。为了作诗，而在有限的私家空间部署调度事物；而写作诗歌，则是为了预先安排好的对这些事物的戏剧化体验。因此，事物的部署调度、空间的安排，便也都属于诗人机智的溢余，自然也就是他的占有物。

诗人引导人们注意到排斥了他者的边界，这一有关所有权（就事物仅仅属于诗人这一点而言）的话语，在部署调度的过程中起到关键性的作用。这一类诗往往以此种或彼种方式，设定一个外在的观察者或外在的视角，有时这一外在观察者或外在视角是以"勿言何如何"引介进诗里来的。在这位外在的观察者看来，诗人所注意的对象是微末和平常的。外在观察者此类常识性的视角，反而保证了诗人所作诠释的独特性——也就是说，这诠释仅仅属于诗人自己。肯定诗歌对象的微小、琐细，非常重要，它确保所有价值只存在于诠释溢余之中。

这是中国上层社会文化中一个非常重要的时刻。它标志了一种转变，从中古的"隐逸"主题——对于私人性，它纯粹从拒斥公共性的负面加以界定——转向"私人天地"（private sphere）的创造——"私人天地"包孕在私人空间（private space）里，而私人空间既存在于公共世界（public world）之中，又自我封闭、不受公共世界的干扰影响。[1]私人空间为人所拥有，而这种拥有通过诠释溢余而获得。韩愈和白居易修筑小池，不存在绝对的所有权：只要皇帝高兴，他随时可以没收他们的土地和池塘；但是，他无法占用韩愈、白居易对那些池塘的诠解。小园逐渐代替荒山野景成为自由的所在，而自由的意义也随之发生了变化。

早期的隐士世界不是被拥有的空间，也不是被疆域所限定的空间。选择隐逸世界，通常乃一种公开的表白，是对当权者的批评。它分享的是传统中国以中心而非边界来理解空间的意识。当一位中古时代的官员决定放弃官位、成为隐士，在官与隐这两个世界之间并没有清晰的界限，只有"此处"与"彼处"之别。在孔稚圭（447—501）的《北山移文》中，隐士决定离开山野赴朝廷应召，拟人化的大自然谴责他的背叛。但隐士的离去，显然还不是真正动身离开的行为本身，而只是企图和意向。与此相反，构筑边界对私人空间的创造来说，具有特殊的重要性。此类空间往往是微型的；但它又是小中之大，隐约中是对广阔世界的微观反映，是诗人的诠释溢余。此类私人空间常常是人工建造的，无论从物质意义的构筑来说，还是从通过诠释建构它的观念意义上来说都是如此。太平公主在她广大的庄园里，永远无法真正拥有大自然；她所谓的"拥有"不过是一种政治权力的显示，这种权力随着变幻莫测的宫廷政治而消长，最终摧毁了她。在较小的、中唐的规模上，则可以拥有大自然。问题是，它已不再是纯粹自

---

[1] 采用"私人天地"（private sphere）一词，容易让人想到哈贝马斯（Habermas）以及中国是否存在"公共空间"（public sphere）的论争。以下将表明，我在这里谈论的是显然不同的问题。

然的了。大自然提供了原材料,诗人则加以建构和诠释。

我所谓的"私人天地",是指一系列物、经验以及活动,它们属于一个独立于社会天地的主体,无论那个社会天地是国家还是家庭。要创造一个私人空间,宣告溢余和游戏是必需的。一切严肃或"重要"的东西,都已经进入了由小见大的中国宇宙哲学,被包含到国家利益和社会的道德秩序里面。正如《大学》告诉我们的,"修身"将导向"齐家、治国、平天下"。这样吞噬一切的极权性总体结构,必须有一点保留,给个人留下一处没有完全被社会和政治整体所吞没的行为与体验场所。[1]然而,抽象的"天地"(sphere)需要一个空间(space)——一个如同舞台那样模糊暧昧的空间,它既处于"王土"疆域之内,同时又不是"王土"的一部分。这个空间,首先就是园林;尽管中国很早就存在园林,后代园林所具有的意义和早期截然不同。

私人天地是一种脆弱的建构。只有不断声言它自己的溢余——溢余使拥有成为可能——它才能存在。私人天地所寄寓其中的空间,是被争夺的地盘,因为任何整体性极权结构,就其本性而言,都会抵制出现在它境内的保留地。皇帝总能够没收园林,处决它的主人;但这样的严厉手段并不能使他就此占有那溢余的部分。文士们自己,则很是矛盾,站在国家和皇帝一边对私人空间进行争夺。文人们常常望着一位官员的亭阁园林,宣称从

---

[1] 私人空间的建构同时造成了一种敏锐的自觉,诗人意识到细小的生活情节如何内含于宏大的社会问题之中。白居易擅长表现家庭生活乐趣,但他同时也表达了对所食用的大米来自农人劳作的惭愧。对个人与社会整体之间的关系的充分觉悟,只有发展出脱离了社会整体的个人意识之时,才能实现。

他的建筑可以推想他治理地方的成效。私人空间，乃是映现的场所，以微型尺度重现事物的形象。精巧安置的石头令人想起著名的山岳，小小池塘映照出微型的天空。一方面宣称是溢余的游戏，一方面是对广大世界的严肃反思，正是在这两者的争锋之中，这些私人空间非常类似于戏剧舞台或电影银幕，在其有限的天地之间，依然在上演古老的斗争。

中唐所关怀的许多问题，可以追溯到杜甫的作品，在杜甫的作品中，私人天地首次赢得了重要性。杜甫承担了自觉的公众诗人的角色，而他的同时代人虽然更深地卷入公共事件，却并未臻于此。把政治投入作为需要肯定和确认的东西，而不是作为既定的东西接受，对此进行表现，和表现私人生活独特领域的可能性，这二者紧密相连。杜甫划分出并且赞颂了家庭空间；他以诗与家庭活动应和，并且提供了典型的"溢余"诠释。水槛早已修整，过于茂盛的竹林业已砍削，棚架也已移开；过了很久以后，才有以此为题材的诗作。这些事物何时以及如何成为了诗的素材，是很有意思的话题。杜甫的诗还没有将我们带入中唐特意呈现小型事物的世界，但我们确实开始看到了为诗歌而规用家庭活动的情形，以及这个过程中溢余诠释的作用。

虽然杜甫更早就显示出对私家空间的兴趣，但这种兴趣最清楚的表现则是他在成都的诗作。当政治世界侵入私人空间并威胁要彻底摧毁它的时候，公与私、大与小，尖锐地凸显出来，这在杜甫是一再出现的情形。杜甫曾因为成都兵变被迫出亡，于764年回到成都城郊的草堂。正是在这时，他写下了《破船》，围绕"破船"展开了诠释的游戏。以前他曾坐在这只船里，梦想乘之东下；当回来发现船已沉毁，杜甫一方面感叹，一方面做结

论说：[1]

> 所悲数奔窜，白屋难久留。

诗歌省思的经验和过程，令杜甫渴望一个不受公共世界干扰的私人空间，在那里，支撑他的幻想的道具不会被摧毁。诗人不想乘船远航，只期望能够栖留原地、梦想远航。

在同年所作的《水槛》（10746）中，杜甫对失修的水槛进行估算。在这里，简单的修缮工作因为插入了诗歌的诠释而变得不再那么简单了。杜甫在诗中采取的行动，在中唐时期变得非常普遍，那也就是把一种过大的诠释加于微末的事物，从而唤起人们对诠释行为的关注。不过，与中唐诗人相反，杜甫对显得如此"不自然"的诠释感到不自在，试图以更自然的诠释来加以弥补。

> 苍江多风飙，云雨昼夜飞。
> 茅轩驾巨浪，焉得不低垂。
> 游子久在外，门户无人持。
> 高岸尚为谷，何伤浮柱攲。
> 扶颠有劝诫，恐贻识者嗤。
> 既殊大厦倾，可以一木支。
> 临川视万里，何必栏槛为。

---

[1] 对此诗的完整分析，参宇文所安《传统中国诗歌与诗学》（*Traditional Chinese Poetry and Poetics*, Madison: University of Wisconsin Press, 1985), 116—121 页。

> 人生感故物,慷慨有余悲。

是否修缮倒塌的水槛从来就不是一个问题,它不值得严肃的诗歌描写。但是当杜甫提出这个问题时,诗成为自反式(self-reflexive)的了,回转到诗人自己对这一话题感到的兴趣。这首诗其实是在试图回答何以这件事对诗人来说那么重要,何以严肃的诗歌文体居然写到如此琐细而平常的事物。水槛的变化本身,就体现了"高级话题"与"低级话题"之间的对比:它原先稳稳站立,提供了适于入诗的水岸风光;而今,则倾侧毁废。就文体风格而言,诗的第二联模拟了这一对比:从高雅的诗歌语汇("驾巨浪")转入较为平常的语言。

杜甫发现水槛即将毁塌,于是和自己辩论:"高岸尚为谷",如果王朝颠覆、沧海桑田,那我何必介意水槛之类如此无关紧要的事物呢?杜甫对自己问题的回答,诗意地夸大了水槛的意义——他竟然援用《论语》中孔子的教诲,要我们"扶颠"!孔子的箴言固然有很大的诠释余地,但它显然不宜用于水槛。

杜甫对此一语汇的泛化运用,使微末的事物再一次成为大原则的体现,倒唤起了对严肃原则和当下琐细处境之间差异的关注。这是喜剧性的,就如同白居易将孔子对韶乐的反应用于食笋那样滑稽。不过,白居易是有意模仿《论语》以求喜剧效果,杜甫则未必如此。杜甫不由自主地感觉到喜剧性的不妥,在接下来的诗句中,他预期到那些有识之士对自己诠释溢余的嘲讽(是"断章取义"的溢余)。诗歌容纳了嘲讽或怀疑的外在视角,以首肯诗人诠释行为的溢余。

诗接着试图以传统的建筑隐喻——国家喻为"大厦"——来

支撑对《论语》的用典不当。他不能挽救国家这一大厦,但现实中的水槛确实在他有限的能力之内。但无论杜甫怎样努力赋予他自己的建筑以意义,那终究不过只是一水槛而已,这对他的诠释构成了嘲讽,凸显出它的溢余。[1] 杜甫努力要回答他何以对修整水槛如此关切的问题。对古代圣人训诫的援引没有成功,得到的只是嘲笑。他提醒自己:水槛甚至都是不必要的,没有水槛,同样可以"临川视万里"。

诗的最后一联,杜甫试图使自己的关怀变得更为自然,找到可以接受的动机,来解释自己的诠释溢余(如同柳宗元将韩愈对"天"的溢余解释加以自然合理的处理,认为一定有什么事使得他心烦意乱)。杜甫最后的解释至少部分可信:他诉诸对毁灭和丧亡的普遍抗拒,这种抗拒把无论大小的事物联系在一起。这个解释之所以可信,正因为它是个人的动机。诗最后表白悲哀,确认了那正确的解释:诗无须再提出其他假设了。在找到诗人关怀水槛的真实根由之后,剩下的就是回应了。当熟悉的"故物"走向毁灭的时候,我们备受困扰,我们有一种自然冲动,去阻止它的毁灭,即使只有"一木",也要努力对抗它的衰颓。

《水槛》诗体现的常识性观念核心是:小者是大者的微观缩影;如果你想重整帝国,你就得从你自己或你的家庭开始。不过,这首诗打破了宇宙论:它唤起了对大与小之间差异的关注。

---

[1] 杜甫诗中发生的某些变化,可以从这首《水槛》与仅仅五年前秦州时期的《除架》(11072)之间的比较中看出来。杜甫在那首诗中将倒覆的瓜架与《诗经》中描述王朝命运的有名语汇联系在一起。在大与小、宏伟和琐碎之间存在着张力,但这张力里面没有任何反讽的意味:杜甫还没有想象到有什么人会嘲讽这样的联系运用。

对《论语》的援用,成了对微观缩影原则的嘲讽,即使是诗歌最后自然化的解释也不能完全抵消之。杜甫另划分出了一个对小世界的关怀,它不能完全被解释为大世界的缩影。事实上,这是一个私人空间,无法让人信服地将它与国家、宇宙的整体结构调和在一起。小者作为大者的微观缩影乃是中世纪的观念,而此处的变动一定会引致别处相应的变动。小中映大,在杜甫和中唐诗人那里作为一种诗歌修辞手段保留了下来,但这常常只是展开反讽的基础,诗人由此唤起对大与小之间差别的关注。这实际上意味着,小者不再能够被大者所吞并和包涵;它不是"严肃"的,因此成为一种可以被拥有的私人领域。

杜甫起用的嘲讽的"识者"——嘲讽诗人对《论语》语汇的援用——在中唐得到的最普通的变形,就是诗人对一位假想的对话者说:"勿言如何如何。"诗歌的读者即刻就明白那被诗人拒绝的观念,是一种常识性的判断。这一常识性的视角创造出来一种被嘲讽的"私人视角",而中唐诗人与杜甫不一样,他们公开表示偏向这样的私人视角。园林作为被拥有的大自然,作为一个私人的、家庭的空间,成为展现私人视角的场所,在这里,私人视角表现为富有想象力的游戏。

白居易《官舍内新凿小池》(22021)一诗中,我们看到一个人工造成的小型自然,看到对于"天"的"再现",而其意义和价值则是诗人必须加以辩说的。

> 帘下开小池,盈盈水方积。
> 中底铺白沙,四隅甃青石。
> 勿言不深广,但取幽人适。

> 泛滟微雨朝，泓澄明月夕。
> 岂无大江水，波浪连天白。
> 未如床席前，方丈深盈尺。
> 清浅可狎弄，昏烦聊漱涤。
> 最爱晓暝时，一片秋天碧。

任何一个读过许多中唐诗作尤其是白居易诗作的人，看到此诗大概都会有一种似曾寓目的感觉。这首诗与许多别的诗作共同拥有一系列的核心因素：人工建构的小池契合诗人的天性，是用作私人生活娱乐的；诗人对它以过分的诗意语言进行描述；诗中提出的批评，显示了一种常人的视角，受到诗人的拒斥；诗人清晰表明了对私人建构物的偏爱；它提供了一个大自然的微型幻象。

诗开始便为小池定位，指出了它的尺寸；下一句描述了看似更大的水体："盈盈水方积。"小池的优点就是它的近人，它适意的尺寸，以及它在小小的范围之中富于变化，可以适应诗人时时迁易的兴致。小池不仅是诗人实在的建构物；它的乐趣也是诗人想象建构的产物，它的有趣好玩显示其诱人之处在白居易的心中，而不是从小池本身可以观察得之的。尤其重要的是"狎弄"，这是一种对无须谨重对待之物感到的乐趣，一种带有性感的玩弄。这一池水，就好似一个侍妾那样，是被拥有的对象；它的存在是供人娱乐遣兴的。所拥有的微物，和更大的世界（"大江水"）进行明确的对照，而诗人偏爱的乃是小者。[1]大小世界的

---

[1] 这首诗所采用的有些词语令人想起《古诗十九首》之十，诗中织女远眺银河彼岸。

关系和诗人从大世界到人工小世界的转向,在诗的最后一句得到完美的表现,这里,诗人选择了从小小的倒影中观照黎明前天空之美,而不是仰首向上观望。

被建构出来的自然是一片安全、受保护的天地,主体对这一天地拥有权力,在其中,他可以安排筹划经验的发生。这些游戏活动通常是自反式的诠释,它们回转来赞美被建构起来的小小自然。微型池塘看来似乎是九世纪初期的一种时尚,因为韩愈也有一组以此为题的非常有名的诗。

韩愈《盆池》

一

老翁真个似童儿,汲水埋盆作小池。
一夜青蛙鸣到晓,恰如方口钓鱼时。

二

莫道盆池作不成,藕梢初种已齐生。
从今有雨君须记,来听萧萧打叶声。

三

瓦沼晨朝水自清,小虫无数不知名。
忽然分散无踪影,惟有鱼儿作队行。

四

泥盆浅小讵成池,夜半青蛙圣得知。
一听暗来将伴侣,不烦鸣唤斗雄雌。

五

池光天影共青青,拍岸才添水数瓶。

且待夜深明月去，试看涵咏几多星。

第一首诗的第一句，便上演了一场天真快乐的戏剧。韩愈是举止如儿童的老翁，而且，他知道自己举止好似儿童，而这是真正的儿童不会意识到的。韩愈以口语的"真个"来强调这种相似，而这一强调提醒我们，这一简单的相似其实完全不是那么回事。世故的老翁和扮演童稚之间的距离，便是现实中小小的"盆池"与对其所作的夸张诠释之间的距离。与白居易一样，韩愈创造了一个幻象的舞台，他明白这是一个幻象；韩愈采用了感官幻象诗中常见的策略，隐退到黑暗中的听觉世界，听得一夜蛙鸣。

组诗的其他诸篇，具有许多白居易诗中常见的策略：对常识观察的拒斥（"莫道"），有意将关注限定在小的方面——其间的对比关系取法于大世界的对比关系，以及组诗最后的意象中大世界在小世界里的映照。泥盆引来"圣得知"的青蛙，人工的变成了自然的；这是歌咏比赛的场所，对它的描绘就如同那个时代对诗歌竞赛的描绘一样。

家与园是可以控制的封闭空间，它的封闭，与镜框或者艺术作品构成文化性类同，外面的世界只有作为映照或再现才能越界进入它的疆域。为了"审美"所需的距离，通常需要这样的一种清晰的边界。世界各地的艺术，都在一个特定的天地里再造广大现实世界的种种关怀，在这个天地里面，可以安全地面对那些关怀。这一人造天地属于它的建造者，可以作为私人拥有物向人展示。在西方文明中，展示是通过雕像的基座、画框或舞台的边际得到实现的；艺术作品可以在广大的现实世界中被悬挂，被安放在基座上,被搬演,但用不着完全成为广大现实世界的一部分。从九世纪开始,中国则发展出在封闭的家庭空间里筹划安排审美经验的传统。广大现实世界的种种诱惑和斗争,以较小的规模加以重现,被带入审美活动的复杂文化系统;诗歌在其中扮演评说的角色,它是必要的诠释,赋予审美活动以价值和意义。

较白居易的小池诗更为明确的是,韩愈不仅陶醉于池塘,而且陶醉于看到自己对池塘的陶醉。策划安排出来的乐趣似乎需要从外边来观照行动中的自我。诗人隐身于他的听众中间:"莫道!"他指点自己,评说这池边人的举止好似儿童。这样一种戏剧化的自我意识是建构私人空间的关键;这人工的微型自然,有赖于诗人观照自己站在舞台的中心,进行诠释,也在这一场景中得到快乐。这即刻造成了无不知晓的叙说者和诗中所再现的自我之间的分裂。与园林一样,被表现的自我也是一种建构,就如诗人宣称园林是大自然的微观缩影,他也可以宣称,那被表现的自我就是现实中自我的具现。

尽管表面上十分简单,白居易的《新栽竹》(22134)是一个完美的典范,表现了被建构和被诠释的园子,以及居住在这园子中的被诗人再现的自我。

> 佐邑意不适,闭门秋草生。
> 何以娱野性,种竹百余茎。
> 见此阶上色,忆得山中情。
> 有时公事暇,尽日绕栏行。
> 勿言根未固,勿言阴未成。
> 已觉庭宇内,稍稍有余清。

最爱近窗卧，秋风枝有声。

诗人从对官场事务的不满开始，他的反应不是离开官场走向野地，反是退归家中，掩门闭户，隔断了内外两个天地。奇怪的是，在封闭的家庭空间之内，他努力愉悦自己的"野性"。在中古隐士世界中，政治中心是所谓"内"，而荒野是所谓"外"。然而这里发生了一个逆转：花园成为"内"，而公职领域乃是"外"。不过，所谓"内"的园子扮演了旧日荒野的角色，来愉悦他本性中对野性的渴望。诗人的措辞尤其重要：竹子使诗人"忆得山中情"。竹林是建构出来的刺激物，它提供了一份对山野自然经过中介的回顾性体验，而这体验在努力追求变得直接，虽然这努力不可能实现。竹林是诗人欲望的建构，是幻象产生的场所，而诗人也承认幻象并非现实。

正如竹林被公共空间所环绕，诗人对园林的体验是终日绕栏行走的圆环运动——如果他穿过山中的竹林，他也会"终日"行走，但大概走的是直线路径。就好像镜像反映出来的微观缩影一样，园林诗歌中非常重要的圆环运动，是在限制中走出无限来。而且，这一体验是被公共时间所划定和限制住的有限时段。这一天地是属于公余时间的。

这里，白居易借"勿言"引入常识性观点。我们必须注意，除了少数真正造访过白居易竹林的人，如果不是诗人自己告诉我们的话，谁都不会知道竹子"根未固"、"阴未成"。这一平常的视角，使我们可以衡量白居易的诠释溢余和过高估价。也就是说，我们从"勿言"所告诉我们的信息推测到竹子的实际情形，因此明白诗人所谓"有余清"的感觉不过是幻象而已。

在诗的最后一联，诗人做出异乎寻常之举。他进一步退入内室（显然不再完全满足于绕栏行走）。在这里，他聆听竹子发出的声音。他从视觉境界退出，因为视觉境界使他不得不面对感官经验的现实和幻想中竹林成荫的差别，他因此退入听觉境界，这里感官经验可以证实他的幻觉。但这仍只是幻象，诗人也知道这一点。

欲望、建构、在一个封闭天地中策划安排快乐、在人工构造中再现作为幻象的自然——所有这些私人天地的活动，都是以诗人为中心的，这个诗人不是社会的存在，也不是感性的存在，而是善于想办法满足自己欲望的心智。诗人策划安排一幕"大自然"的戏剧，他自己则作为一个"自然的人"占据了舞台中心。

这样的一种"私人性"，始终关注外部对自己的观照，它最终是一种社会性展示的形式，依赖于被排斥在外的他人的认可与赞同。私人天地的可能性本身就是一个社会现象，这些文本强化了那些为一个社会群体（如果不是整个社会）所共有的价值。有关小园的诗，与柳宗元记叙在野外买地的文章一样，是为了公共流通阅读的，它展示得更多的是富于创造性的心灵，而不是一片隔绝的天地。

私人空间作为一个映照和反思的空间，有可能改变外在的世界，我们或许应该考虑一下私人空间如何包容涵括并重塑社会责任。唐代诗人一般很少奢谈自己的家庭。通常的缄默使偶尔的评论言说（如在杜甫和白居易的诗中）显得更加特别。以它的社会关系、前途、烦恼和责任，现实生活中的家庭直接把它的成员和广大的公共世界拴在一起。私人天地中的社会关系必须有所不同，它建构诗人与他人的关系，犹如园林之建构大自然。

白居易《洛下卜居》

三年典郡归，所得非金帛。
天竺石两片，华亭鹤一只。
饮啄供稻粱，苞裹用茵席。
诚知是劳费，其奈心爱惜。
远从余杭郭，同到洛阳陌。
下担拂云根，开笼展霜翮。
贞姿不可杂，高性宜其适。
遂就无尘坊，仍求有水宅。
东南得幽境，树老寒泉碧。
池畔多竹阴，门前少人迹。
未请中庶禄，且脱双骖易。
岂独为身谋，安吾鹤与石。

　　白居易对石、鹤的拥有，更类似于获取侍妾，而不是婚姻（第二句中的"得"，是描述获取妾侍而非妻子的恰当动词）。这里，溢余价值的展示，不是在于诗人所享有的快乐，而在于他对爱物所花费的心力。这一必要的双重视角在诗中表现得非常清晰：

　　诚知是劳费，其奈心爱惜。

　　诗人承认"诚知是劳费"，这是普通看待事物的视角；但他也要作"自然的人"，沉溺其中，不能自已。然而诗中的声音表现的不是上述任何一种视角，而是对自己的过分劳费进行表现所感到的快乐。

在诗的结论中，诗人宣称他的所作所为并非为自己，而是为了石和鹤；这显然乃是不能完全当真的玩笑话，但如此一种对自己动机的表现方式，却值得做一些思考。正如章表奏折中的公式化文字或者杜甫在《茅屋为秋风所破歌》里所做的那样，否认个人利益对于公共话语的权威性是至关重要的。这是使自我屈服于更大的公共利益的一种修辞手段。白居易的诗保存了这一修辞手段，但把它颠倒翻转过来，使之成为一种游戏的形式，也就是说，诗人屈服于私人天地的利益而不是公共利益，中庶子的官位则代表了自私的利益。园林中的关系结构，如同小池，是外在世界的一面镜子，唯一的差别在于园林中等级关系结构是诗人自己的创造。

诠释智慧的力量不仅局限于园林。机智是便携式的，把其他地方也变成对园林这一人为建构的私人空间的模拟。这里，重要的是记住，有关私人天地的诗是公共性的；它是给朋友们，以供流传流通阅读的。诗歌展示的对象不是园林，而是诗人自己。白居易最有名的诗之一背景设在山中，但我们即刻就发现，这不是中世纪的隐士们所居住的那种山：诗人不仅只在公务余暇时才登临此山，而且，他很快就汇聚了一批惊叹的观众，构筑了一个以诗人为关注中心的有限空间。在众目睽睽之下，山野成了园林。

山中独吟（22069）

人各有一癖，我癖在章句。
万缘皆以销，此病独未去。

> 每逢美风景，或对好亲故。
> 高声咏一篇，恍若与神遇。
> 自为江上客，半在山中住。
> 有时新诗成，独上东岩路。
> 身倚白石崖，手攀青桂树。
> 狂吟惊林壑，猿鸟皆窥觑。
> 恐为时所嗤，故就无人处。

　　白居易不仅是作诗的诗人，而且是想象自己创作的诗人。如同园林，行为是想象"将会如何"的结果。园林既是人工的，也是自然的，同样，诗人既是自我创造出来的，也是自然的人。在"癖"的促迫下，他对诗的热爱成了一种"病"。这一点在好几种意义上都是真确的。其一，本能冲动的歌吟："恍若与神遇。"其二，诗的机智，它建构经验，筹划经验的发生与展现，它再也无法把写诗的诗人和被表现的诗人统一起来。

　　白居易过度抬高园林的价值，因此，他需要别人对园林进行嘲讽；此处，他也需要别人的传统观念对他的诗做出嘲讽。正因为害怕这些嘲讽，诗人"故就无人处"。但是，尽管这是山中而非园林，我们还是立即注意到山的空间是由对别人的排斥所界定的。在戏剧化的私隐之中，诗人吟诵表演早先完成的诗篇。尽管他假作排斥了那些嘲讽他的人们，他对狂吟的描写生动地刻画出他在想象里被充满惊奇地观察和倾听；他想象自己成为关注的中心，虚构听众包括猿、鸟——当然，还有我们这些读诗的人。

　　这首诗中有一小点，我们几乎没有注意到。虽然白居易将作诗说成自然冲动的歌吟，实际上，他将诗歌活动分为不同的阶段：创作阶段，和表演阶段。白居易尤其得意于自己诗歌的拙朴，暗示这一风格的自然如同小园中天真诗人的自然。但正如自觉的造作所带来的更大的问题萦绕着诗人及其园林，难以辨清这首诗是对此刻冲动的纯粹表现，还是为了进行未来的表演而作的。它或许不是本能冲动的时刻本身，而是对这一时刻的表演和再现。

九世纪初期诗歌与写作之观念

中国传统中最为古老且具权威性的各家诗学，都坚持诗歌创作的有机性。无论怎样认识文本之后的动力——是道德风尚、宇宙进程、个人感受，抑或是三者间的某种结合——都被认为是自然的，而不是从有意的技巧中产生。汉代偶尔发现的关涉到文学技巧的愉悦，引起了强烈的负面反应：用扬雄的话来说，就是"雕虫"，即一种被虚耗浪费了的专注力，这种被浪费的注意力显示一个人容易产生道德懈怠。诗歌技巧在南朝成为人们强烈的兴趣所在，然而理论家们依然将它视为社会道德败坏的迹象。在那个时代伟大的文学论著《文心雕龙》中，刘勰（465？—520？）竭力将诗歌技巧和创作有机论结合起来，但两者往往不过只是处在不和谐的联结状态中。七世纪和八世纪上半叶，诗歌技巧论有了充分的发展，野心勃勃的诗匠们得以据之习得诗歌技法（考虑到对有相当水准的诗歌创作的社会需求，这样一种技巧诗学的发展并不令人惊奇）。当时对于技巧的谴责减少了，但并没有消失。当对于创作过程的细节关注转向有关诗歌本质的宏大论说时，创作有机论依然是不可动摇的。

中唐时，一种相对新颖的创作观念突显出来，勾连了自然与技巧两方面。[1]诗的一联或一行渐渐被看作是某种意外的收获，它们先是被"得"到，而后通过深思熟虑的技巧嵌入诗中。这一新的流行观念对于理解诗人经验和创作之间的关系有深刻的意义。我们开始看到诗人们认可在引发诗歌创作的具体经验和创作行为之间在时间上存在距离，认可"精心造作"诗歌的观念。这指向了下述的观念：诗歌是一种技巧艺术而不是对经验的透明显现。

对诗歌作为意外收获的逐渐增长的兴趣，与八世纪晚期及九世纪初"景外/象外/言外"美学的形成相关联。这时，诗学想象便与现实可感的经验相区别，与语词对此类经验直接加以表现的能力相区别。作为意外收获，诗歌的境界成为诗人的拥有物，它们标识着诗人眼光的独特。

写出风格独一无二因此很容易判属作者的作品，这样的意图，也为那些秉持创作有机论的作者们所共有。我们或许可以对比一下九世纪初两项非常有名又非常不同的创作理论。首先是韩愈《答李翊书》的核心段落。在描述了经过长期的学习以使古人的意旨内化于己并祛除"陈言"之后，韩愈继续道：

> 当其取于心而注于手也，汩汩然来矣。其观于人也，笑之则以为喜，誉之则以为忧，以其犹有人之说者存也。如是

---

[1] 我在本文中描述的诗学旨趣只是八世纪各种文学创作和文学理论构成的复杂网络中之一脉。或许另一个最惊人的观念是将诗人视为真正的造物主，他可以与"造化"相提并论。参见商伟《被囚者与创造者：韩愈与孟郊诗中诗人的自我形象》，*CLEAR*（《中国文学：论文及评论》）16，(1994/12)：19-40。

者亦有年。然后浩乎其沛然矣。吾又惧其杂也,迎而距之,平心而察之,其皆醇也,然后肆焉。虽然,不可以不养也。行之乎仁义之途,游之乎诗书之源,无迷其途,无绝其源,终吾身而已矣。气,水也;言,浮物也。水大而物之浮者大小毕浮。气之与言犹是也,气胜则言之短长与声之高下者皆宜。[1]

这是对"学"的标准化描述的变调,在这一描述中,样板典范和批评反省逐渐被消化吸收,直至成为第二天性。这引致了创作的自然发生(或者既有规范的再生产)。这部分论述中,最带有韩愈特点的是他对于"杂"的忧虑。他所担心的"杂"不是从道德谬误上来说的,而是因为掺杂了他人的质素并由此赢得人们的喜爱。道德纯粹之作品的具体表征就在于他人对之普遍加以蔑视。即使我们把这一姿态视为自卫性的举动,这也是一种具有激进涵义的自卫举动。这一段落中最主要的对比就是"醇"和掺入了"人之说"的"杂"。[2] 这是通过排斥异质来呈现独特的身份:就如同韩愈《谏佛骨表》所设想的清除了佛教的中国,或者位于长安以南的太平公主庄园,文章不能属于别人,必须只属于自己。最后的目标,也即净化了的本质的自然实现,是对孟子所谓"浩然之气"("气"在这里兼有"能量"与"气息"之意)所作的文学转化,它承载着汩汩的言辞,而这些言辞的连缀以气

---

[1] 马其昶《韩昌黎文集校注》(上海:中华书局,1964),99页。
[2] 这里的"说"也可以理解为"悦","人之悦者"则意味着别人所喜欢的东西。

为媒介。相对于为人所共有的、可以复制的骈体修辞,它的节奏应该是自然而不规整的,因而也是不可重复的。

第二段是一著名的轶事,出自李商隐《李贺小传》:

> 恒从小奚奴,骑驴驴,背一古破锦囊,遇有所得,即书投囊中。及暮归,太夫人使婢受囊出之,见所书多,辄曰:"是儿要当呕出心乃已尔。"上灯与食,长吉从婢取书,研墨叠纸足成之,投他囊中。[1]

上述两则有关创作的描述之差别,标志着诗学中一个基本的分野。韩愈遵循着儒家诗学的主流,认为文字"取之于心",因而可以由文字进入作者的内心,而且对韩愈而言,这样的作者业已将古人的价值内化于自身。韩愈作为后来者的意识迫使他承认在自我表达时语言的历史性,从而导致他关于"醇"的言说,并且企望通过排斥"人之说者"来获致自我所独具者。一旦获得"醇"也就恢复了心、言间的通贯。[2]

关于李贺写作实践的叙述则属于唐代技巧诗学的谱系:诗始于对幸运的意外收获的追求。《文镜秘府论》中伪托王昌龄的《论文意》(八世纪)提出了不少任心神徜徉于天地之间的建言,

---

[1] 叶葱奇《李贺诗集》(北京:人民文学出版社,1980),358页。
[2] 白居易对自己诗歌创作的描述属于同一个传统(见本书第19页,及第88—89页)。他们两位作家都认识到文辞运用的历史性。韩愈主张祛除"陈言",而白居易则以粗拙的措辞和违拗的韵律自豪。对他们而言,"真"通过对抗当代的规范语言得到实现,并在俗众的嘲笑中得到肯定。白居易稍稍不同一些,他始终强烈地呼吁一种天真的直接与透明,而他造作出来的朴野风格也对后代诗人成为更有影响力的榜样。

不过它仍附加了如下一节：

> 凡诗人夜间床头，明置一盏灯。若睡来任睡，睡觉即起，兴发意生，精神清爽，了了明白，皆须身在意中。[1]

接下来：

> 凡神不安，令人不畅无兴。无兴即任睡，睡大养神。常须夜停灯任自觉，不须强起。强起即昏迷，所览无益。纸笔墨常须随身，兴来即录。若无纸笔，羁旅之间，意多草草。舟行之后，即须安眠。眠足之后，固多清景，江山满怀，合而生兴，须屏绝事务，专任情兴。因此，若有制作，皆奇逸。看兴稍歇，且如诗未成，待后有兴成，却必不得强伤神。[2]

这还不是中唐苦吟以"得句"的世界；在这里，诗人们还在等待"兴"之来临。但在这段话极为实在的劝告中，我们已经看到应该如何为偶然来临的诗兴做好准备。这里的焦虑不是担心被"杂"所污染，而是怕失却所得；所以诗人必须充足地休息，时刻做好准备。《论文意》在这儿和别的许多地方，都向读者提供技巧以找到那超乎技巧的东西。

---

[1] 王利器《文镜秘府论校注》（北京：中国社会科学出版社，1983），290 页。该节的最后一句展开了有关诗人和诗歌之间有机联系的讨论。
[2] 王利器《文镜秘府论校注》（北京：中国社会科学出版社，1983），290 页。该节的最后一句展开了有关诗人和诗歌之间有机联系的讨论，306 页。

李贺的传记和许多其他九世纪关于创作的论述中，核心词都是"得"。韩愈用的是更为主动的语汇"取于心"，而后再注于手。"得"则不同，比较偶然，而不完全是有意为之。诗人所"得"的可能是不完美的，片断的，须要修改和完成。韩愈对自己早先文章的批判性反省并不是着眼于打磨修治它们，而是估量他在达到纯一的道路上走了多远。韩愈期待的是一个无须打磨修改而立即实现完美的阶段。而对李贺来说，诗歌总得经历两个阶段，这两个阶段具体表现为两个锦囊：第一个锦囊是为预期中的"意外收获"预备的，第二个锦囊则是为了回过头来运用具有反思性的技巧将"意外收获"加工成一首诗。

李贺故事中对创作活动进行筹划准备，犹如搬演一场戏剧，这一点值得我们特别关注，尤其是家中女性和婢女的介入，是她们帮着诗人"呕出心"来。韩愈完全掌控着自己的创作，而李贺好像一部需要时刻照料的作诗机器。女人和仆人提供他一切必要的道具。小传还提到李贺每日如此，除非是大醉或吊丧日；这意味着创作真好像机器一般规律化、程序化。与韩愈一样，李贺的母亲将创作想象成一种倾吐，但韩愈的创作好似水流，而李贺的作品则似乎是小硬块。

九世纪，一种为时久远的诗学实践理论逐渐呈现，并且对更加古老的儒家诗学发起挑战。诗歌成为幸运和技巧的结合，而不再是诗人"情"、"志"或身份个性的纯粹的表现。这一变化最清楚地体现在对写作时间的表现方面：在早先的诗学观念中，诗歌的权威性基于它是一种情境遭遇的直接产物。我们假设杜甫有关安禄山之乱的诗是紧接着它所关涉的历史事件而作的。如果我们放弃这个假设，那么许多古典诗歌的系年以及从中得出的诗人传记材料便分崩离析了。[1]然而在中唐,确实出现了写作时间历时长久的可能,尤其在一句诗或一联诗的层面。如果我们假设杜甫关于安禄山之乱的诗作于十来年后的夔州,这将会改变读解杜诗的方式。而如果我们设想中唐李贺、贾岛(779—843)这样的技巧派诗人写诗——甚至是那些应景之作——需要多历年所,则没有一个读者会感到奇怪。[2]

《文镜秘府论》中《论文意》的技巧理论业已在经验和写作之间假设了一段间隔,以替代"激发与回应"的直接相连,这其中有类似华兹华斯"在静谧中回想"(recollection in tranquility)的因素,回想的时刻紧接在经验之后发生。在我们先前引述的段落中有云:"舟行之后,即须安眠。眠足之后,固多清景,江山满怀,合而生兴,须屏绝事务,专任情兴。"这里,写作并非直接产生于经验(这会使得作品草率紊乱),而是一种回顾或回想,是一个排除了一切俗虑的心灵所产生的图景。这样的论述,已经接近于承认诗所呈现的场景并不同于日常生活的场景,即使该诗宣称要表现诗人生活经验的具体细节。

如果诗歌不再是对感性经验的再现,那么该以怎样的标准来界定诗歌的再现性质呢?在特定的情景写作时,诗人能否写及天

---

[1] 我说的仅仅是阅读中成规性的假设,暂不理会这些假设是否具有历史的准确性。
[2] 很多学者都注意到杜甫在《解闷》之七中提及诗的修改:"新诗改罢自长吟。"但我们必须指出,他明确提到这些是"新"诗。或许可以把它与九世纪末叶的诗人郑谷《中年》一诗的尾联进行对照:"衰迟自喜添诗学,更把前题改数联。"郑谷诗中的"前题"暗示这些诗不是"新诗"。与杜甫之完成其诗作不同,郑谷把自己的诗视为可以不断修改的东西,一个过程,对"诗学"进行完善的一部分。

空中的飞鸟,就算空中并无飞鸟?在一首即景写下的诗里,如此背离现实的做法或许是令人困惑的;但如果一首诗经月、数年甚至十来年才最终完成,此类细节就显得无关紧要了。[1]诗歌语言受制于对偶、声律、音韵及规范,这些因素就和激发了诗作的生活情景一样重要,这已经是公开的秘密。如果一首诗的场景是拟想出来的,那么,何以不能选取效果最佳的细节呢?

在这样的背景下,我们必须引述中国文学传统中关于写诗技巧最有名的轶事。这个轶事为汉语文言提供了一个表现深思熟虑的美学抉择的标准词汇:推敲。以下该轶事的文本取自五代何光远的《鉴戒录》,它说的是九世纪初的诗人贾岛:

> 忽一日于驴上吟得"鸟宿池边树,僧敲月下门"。初欲著"推"字,或欲著"敲"字。炼之未定,遂于驴上作"推"字手势,又作"敲"字手势。不觉行半坊。观者讶之,岛似不见。时韩吏部愈权京尹,意气清严,威振紫陌。经第三对呵唱,岛但手势未已。俄为官者推下驴,拥至尹前,岛方觉悟。顾问欲责之。岛具对"偶得一联,吟安一字未定,神游诗府,致冲大官,非敢取尤,希垂至鉴"。韩立马良久思之,谓岛曰:"作敲字佳矣。"[2]

虽然无法将这则轶事逆溯到九世纪(更别说判断它的历史真

---

[1] 这在西方诗学中不成其为问题,而在中国传统诗学中则是重要的。《诗话》的作者们特别乐于指出诗中的事实错谬,这被视为严重的缺陷。
[2] 王大鹏编《中国历代诗话选》(长沙:岳麓书社,1985),118—119页。

实性了),它还是能够很好地传达九世纪初有关诗歌技巧的新观念的形成,以及对诗人专心致志沉浸于诗艺的尊崇。对诗歌技巧的追求和无法自控的着迷在一个恍恍惚惚游荡于京城街道的诗人身上得到体现。

我们不知道贾岛所"得"的这联诗是对现实情景的重构还是完全生造出来的;我们不知道这一联属于一首正在写的诗,还是整首诗是后来为了该联而补足的。这一联现可在题为《题李凝幽居》的诗中找到,但我们不知道上述轶事与贾岛拜访李凝在时间上的关联。然而,很明显的是,选择一个好词的标准属于诗歌技巧的范围,和事实无关。这引起了十七世纪伟大的文学批评家王夫之的愤怒。王夫之在《姜斋诗话》特别谈及这则轶事的内涵:

"僧敲月下门",只是妄想揣摩,如说他人梦,纵令形容酷似,何尝毫发关心?知然者,以其沉吟推敲二字,就他作想也。若即景会心,则或推或敲,必居其一,因情因景,自然灵妙,何劳拟议哉?[1]

换个简明的说法:这联诗若是真实的,那诗人就自然应该知道僧人(贾岛自己)到底是"推"门还是"敲"门的。对王夫之而言,要想"真",诗境必须符合现实情景(尽管符合现实情景本身并不能确保"真")。

李贺之母担心他呕出的"心"是匠人的心。诗人骑驴出门就

---

[1] 王夫之《姜斋诗话笺注》,戴鸿森注(北京:人民文学出版社,1981),52页。

是为了写诗;这些诗并不是诗人生活必要的组成部分,诗人生活之中心另有所在。锦囊总在那儿等着容纳诗人所"得"的一切。

沉迷耽溺乃至诗魔附体的意象在九世纪变得非常普遍。他人的嘲笑和错愕成为自傲的本钱。诗人表面上自嘲,其实是在自夸。

薛能(约817—?)《自讽》:

千题万咏过三旬,忘食贪魔作瘦人。
行处便吟君莫笑,就中诗病不任春。

诗中的第三句令人想到八世纪诗人王翰有名的绝句《凉州词》:

葡萄美酒夜光杯,欲饮琵琶马上催。
醉卧沙场君莫笑,古来征战几人回。

招致嘲笑的人,其身份的历史转变深有意味:不再是即将走上战场的士兵因为恐惧和绝望而酩酊大醉,而是被"诗病"所困的诗人。士兵的形象属于一个种种行为都可以得到理解的世界,因为产生行为的动机和情绪具有普遍性;而诗人的可笑癫狂则显得特异和难解,这标志了诗人与常人的区别。

如前文所言,白居易也把诗视为"癖"和"病"。[1]白氏对诗作为身体压迫的兴趣,可以拿来与中唐年辈最高的诗人孟郊做

---

[1] 参见前文所引《山中独吟》。但对白居易而言,诗癖导致的是技巧的极端缺乏而不是极端的技巧。

有意味的对比,在后者关于诗的论述中,疾病也始终占据一席地位。对孟郊而言,疾病是他写作的身体条件和普遍性条件。正如"苦吟"将引发写诗的痛苦转变为写诗本身的痛苦,病痛不再是诗的产生背景,而变成了对诗歌本身以及诗人写作过程的描述。九世纪对这些写作意象的转变仍然是有机性的:所有这一切都在强调写诗的不由自主和身体的强迫性。但是,这种作诗的强迫性冲动,局限于少数人也即"诗人",他们认为这种脱离大众经验的异化乃是一种好处。

诗与大众经验的疏离导致了一系列有意思的结果,在九世纪初诗人姚合的一首文雅的致谢诗《喜览泾州卢侍御诗卷》中可以窥其一斑:

> 新诗十九首,丽格出青冥。
> 得处神应骇,成时力尽停。
> 正愁闻更喜,沉醉见还醒。
> 自是天才健,非关笔砚灵。

我们首先注意到创作的兴奋感。第二联诗简约地再现了李贺故事中创作的两个阶段,对"意外收获"做了更为清晰的表述。如果"神"惊骇于"得",那么诗人的所得便是他没有预料到的——那就如俗话所说是得自天助。诗歌语言不再仅仅是自我表现,而是一种令人惊奇的收获。下一阶段,诗人完成所得之物(李贺的第二个锦囊),这得付出"力",这一过程属于有意识的努力。

"意外收获"令诗人惊愕赞叹的能力,与诗歌在现实世界中的影响力可以相提并论。通常，诗歌的影响力被描述为读者理解诗人的情感及促使他作诗的背景；或者被描述为技术意义上的"感应"，也就是说，读者自己的意向或情绪与诗或诗人发生了共鸣，因而为之感动。[1]然而在这儿，诗歌使人惊愕，并具有扭转读者意向的力量，把"愁"转为"喜"，把"醉"转为"醒"。这样的诗不再仅仅是诗人自我的延伸；它是一股独立自主的力量。

在诗歌缘起上，问题依然存在。姚合拒不承认"笔砚灵"是诗歌力量之源泉。姚合给出了一个双重答案，但两者很容易调和。卢侍御的诗歌风格既来自于天（"丽格出青冥"），也来自于他本人的才能（这份才能也是天授的）。

值得注意的是，那了不起的"意外收获"可以在自身内部被发掘出来。诗人在自身发现未曾自觉的东西，乃是"无意识"的原始观念。爱德华·杨格（Edward Young）在《关于原创写作的臆想》（*Conjectures on Original Composition*）中曾以沉潜入海而后海底日出的比喻言及于此：

> 深深潜入你的内心；了知你心灵的深、广、偏执乃至一切；与内在于你自身的陌生人变得亲密无间；激发并珍惜心智的每一点光与热，无论它们是如何沉埋在以往的忽略中，或是零落在平庸思想的晦暗里；将它们集聚为一体，让你的天才（如果你确实拥有天才）如太阳一般从混沌中升起；如

---

[1] 这里最重要的一个例外是儒家的功用诗学，这种诗学认为诗激发的是读者的道德感情。

果我像一个印第安人那样说：崇拜它吧，尽管过分大胆，但除了我的第二条准则（也就是说，敬重你自己！）之外，我还是不打算多说什么了。[1]

在《戏赠友人》诗中，贾岛无须深潜下海，"心智的光与热"沉没井中，诗人只须一条井绳：

> 一旦不作诗，心源如废井。
> 笔砚为辘轳，吟咏作縻绠。
> 朝来重汲引，依旧得清冷。
> 书赠同怀人，词中多苦辛。

杨格潜入水底，韩愈滔滔奔流，而贾岛则必须投下他的思想水桶，而尽管付出努力，从井中提上来的水桶仍有可能空空如也。在主动而有意识的自我与那虽可达到但深藏在自身之内的东西之间存在一种区分，而在这首诗表面看来想入非非的语调和井中所得诗句的"苦辛"之间也存在一种区分，前一种区分在后一种区分中得到奇异的呼应。我们也不清楚"苦辛"是对诗人心态的描写，还是指作诗时的艰辛努力。"同怀"是表示友人分担了诗人的痛苦心情呢，还是说他能够领会诗人作诗的艰辛呢？在什么意义上说这首诗是"戏"呢？

"意外收获"被沉入井底，远离显而易见的表层；诗人"得"

---

[1] James Harry Smith 与 Edd Winfield Parks 编 *The Great Critics*，第三版（New York: Norton, 1951），422 页。

到一个意象、一行诗或一联诗,并为此深感惊奇。把一行或一联完美的诗句放在可及的"象外",在这一时期对诗歌的表述一再出现。讨论唐代诗学的论者通常专注于"超越性意象"的观念。对使用"超越性"一词,我有些犹豫,但确是经过考虑的,因为其核心特质便是"超乎其外",无论是"象外"还是"言外"。尤其是"象外"的表述,我们不妨称之为"超摹仿"论。[1]九世纪晚期的批评家司空图(837—908)将此描述为"象外之象"、"景外之景",司空图以系于戴叔伦名下的比喻来形容这个微妙情状:"诗家之景,如蓝田日暖,良玉生烟,可望而不可置于眉睫之前也。"[2]戴叔伦以"烟"的意象把清楚划定的视界变得朦胧,而"烟"就此成为"诗意"的重要部分。

这一难以言喻的诗歌意象的缘起可以在《论文意》的一节文字中找到。该节文字指明在实际经验和写作实践之间存在着分离(这和诗歌乃是对外界条件激发的直接回应这一传统论调正好相反),这也是中国文论传统中对反映理论的最清晰的表述之一:

> 夫置意作诗,即须凝心,目击其物,便以心击之,深穿其境。如登高山绝顶,下临万象,如在掌中。以此见象,心中了见,当此即用。如无有不似,仍以律调之定,然后书之于纸,会其题目。山林、日月、风景为真,以歌咏之,犹如

---

[1] "象"包含着"像"的意义,因而"象外"的诗歌,其作为诗的基本质素也便存在于再现性的逼真之外。

[2] Stephen Owen, *Readings in Chinese Literary Thought* (Cambridge, Mass.: Harvard University Press, 1992), p. 357. (译案:此语见司空图《与极浦书》)

水中见日月，文章是景，物色是本，照之须了见其象也。[1]

这一段话开始，作者重申作诗之"意"优先而冥思构想随后。这可能是与下文的"会其题目"相应的（也许和科举试诗及作诗方法论有关，那时诗人必须按照给定的诗题作诗）。但它很快转向具体的写作经验。首先是眼睛观照某对象，而后心意对其作用。体验到的是所谓"境"，"境"包容"万象"，它们被作为整体但同时也是具体而微地把握（"如在握中"）。这一整体把握的微细，预示着后来的映照比喻。意念中对整个境界的把握必须先于文字创作。接下来，诗歌文本被明确地界定为"真"实世界的"反映"或镜像，而在这一镜像中，构想出来的诗境成为文本和真实世界之间的透明媒介。

这里，我们看到一个充分发展了的关于心中"诗境"的观念，这一"诗境"在经验和创作之间起中介作用，这成为后代诗学中一个非常重要的设定。"本"和"景/影"之间的完美对应，可以作为我们理解"象外"美学之发展的背景。也就是说，我们在通俗诗学中找到了高级诗学中从来略而不谈的摹拟理论（它与早先的"巧似"理论非常不同），而这种摹拟理论正是"象外"美学所否认的可能性。下面我们将会看到，"象外美学"和诗人的"意外收获"联系在一起，而"意外收获"并不来自于现实经验。

戴叔伦是八世纪后期诗人，和皎然（730—799）大约是同时代人。尽管诗之价值超乎"言""象"之外这一诗歌理论的基础

---

[1] 王利器《文镜秘府论校注》，285 页。"景"虽然可以译为"scene"，但其前后都是关于映照与倒影的语汇，看来最好读之为"影"。

可在更早些时候找到，但它的首次清晰表述却是在皎然的《诗式》之中。皎然评论了五世纪诗人谢灵运的名句"池塘生春草"，他引述了谢灵运的两句最有名的诗为该段文字定调：

> "池塘生春草""明月照积雪"
>
> 评曰：客有问予，谢公此二句优劣奚若。余因引梁征远将军记室钟嵘评为隐秀之语，且钟生既非诗人，安可辄议，徒欲聋瞽后来耳目。且如"池塘生春草"，情在言外；"明月照积雪"，旨冥句中。风力虽齐，取兴各别。（中略）情者如康乐公"池塘生春草"是也。抑由情在言外，故其辞似淡而无味，常手览之，何异文侯听古乐哉。谢氏传曰：吾尝在永嘉西堂作诗，梦见惠连，因得"池塘生春草"。岂非神助乎？[1]

至少在某种程度上，皎然不过是以"情在言外"来解释何以简单的诗句会如此之美。然而，"情在言外"获得了它自己的生命力，生发出超乎原初使用动机的意蕴语词往往是如此的。

"池塘生春草"后来一直都是检测那难以言喻的"诗意"的试金石，尤其对于王夫之而言，他坚决反对任何没有现实经验作为基础的诗句。然而，这一"诗意"盎然的名句来自于谢灵运的梦境而非现实经验。据钟嵘（？—518?）《诗品》记载，谢灵运是在梦中"成"此诗句的。[2]皎然对钟嵘的改写颇有意味：谢灵运乃

---

[1] 李壮鹰《诗式校注》（济南：齐鲁书社，1987），115—116页。
[2] 钟嵘对该句著作权的看法或许隐含在他将此则轶事归入有关谢惠连的评论而不是归入有关谢灵运的评论。

是"得"此诗句;而且在重述这一故事时,皎然省去了钟嵘版本里的最后一句话:谢灵运原本说"此语有神助,*非我语也*"。[1]这一微妙而典范的诗歌意象,超乎语词的实际指涉意义,原是诗人的"意外收获",它的价值得到肯定与确保,是因为它超乎诗人及其自觉能力之外。睡眠的作用十分重要,在很多方面与李贺作诗犹如机器一般的自动性相应和。《文镜秘府论》告诉诗人,诗歌会在睡梦中来临;而谢灵运最著名的诗句正是来自梦中。把诗人视为"神助"的渠道,这可以说是中国传统最接近于诗人乃是神之代言人这一观念的地方了。

皎然的《诗式》中,谢灵运的诗句在现实世界中没有任何基础——在钟嵘的记述中,这甚至不是谢灵运自己的句子。我们在接近一个新的诗学概念:诗中之景不是"见到"的,而是"想见"的。更进一步,被想见的不是一首诗,而只是一句或一联诗,甚至只是存在于文字表达之前的一点"诗意"而已。围绕着这一点诗意的构想,一首诗被建构起来,拿李商隐描述李贺作诗的话来说,就是被"足成"。如此构想出来的诗境,其价值之核心乃在它超乎现实经验之"外",无论是言外、象外,还是景外。

从刘禹锡《董氏武陵集纪》一段有名的文字中,我们可以在难以言传的诗意情景与语词表达之间看到某种联系:

> 诗者其文章之蕴邪,义得而言丧,故微而难能;境生于象外,故精而寡和。千里之谬,不容分毫。[2]

---

[1] 陈延杰《诗品注》(北京:人民文学出版社,1961),46 页。
[2] 瞿蜕园《刘禹锡集笺证》(上海:上海古籍出版社,1989),517 页。

在《论文意》中，我们看到构想之景先于文字写作。这儿，我们则看到阅读文字把读者导回构想之景象（读与写之间的某种相应是中国文论传统最为持久的特征之一）。正如在戴叔伦对"诗意"的描述里，"烟"模糊了物象清晰而明确的轮廓，刘禹锡在这里以诗境抹去了产生诗境的文字（这是在响应庄子）。诗是"文章之蕴"，我将"蕴"译为（the）intensive（form），意指它内涵甚多，是"丰富"的。阅读似乎可以释放出这些被压缩的内涵，解开语词的包袱。"言外"这儿也就是"言后"。

在达到"境生于象外"的特质时，我们发现一种排斥他者（"寡和"）的独特性。诗的独特的完美被暗喻为旅程，开始时如果失之秋毫，最后就会谬以千里。这里，我们被悄悄地告知真正的诗人与诗匠之间的差别。开始时都是差不多的，但真正的诗人的作品与仅仅能够做到押韵合律的诗之间相距千里。根本的不同就在于是否能获得"象外"的效果。

如我们已经看到的，九世纪之初的诗人正成为一个远离大众的人物；同样，诗也被赋予一种特殊的地位，暗示了真正的诗与押韵文字之间的根本性差异。这已经非常接近九世纪对诗最引人注目的表述之一，也即杜牧的一句诗：

　　浮世除诗尽强名。

"强名"典出《老子》。老子认为，"道"这个字，乃是强加给原本无名的事物的名称。很简单，杜牧在这儿申明的是：诗是唯一的真正的语言。而这一语言的真谛——正因此它才足以充分完全地表达现实世界——便在于生产那超乎"言外"与"象外"的诗境。

浪漫传奇

中唐时代目睹了一种浪漫传奇文化的兴起，它表现了男女之间出自个人选择而社会未曾予以认可的关系。[1]浪漫传奇的兴起，与个人的诠释或评价活动的发展、与私人空间的建立，是紧密相关的。浪漫传奇想象性地建构了一个经过取舍的小世界，它既存在于一个社会主导性的世界之中，又因为情人相互之间的专注投入而与此社会主导性世界相分隔。在社会中建构这样一个自主的领域，会导致矛盾与冲突，而浪漫传奇叙事则进一步探索这一矛盾与冲突。

在浪漫传奇中，如同在林园中的私人生活中，文字再现形式（representations）无法与态度和行为完全分离。诗歌的流通塑造了闲暇活动，引出小池的建筑，促进了咏唱此类经验的新诗的创作。同样，传奇的种种形象，在精英的城市社会和风月场[2]中

---

[1] 这里的"传奇"一词，是就其通常意义而不是作为文学术语来使用的；尽管它也可以用来在话语中定位大的人类现象。
[2] "风月场"（demimonde）一词的运用需要一些解说。我用它来指通常是艺人或具有商人背景（社会地位低于文化精英阶层）的女性世界，她们与男性有较为自由的接触。如果情感进一步发展，这些女性一般可以被纳为侍妾。这一词汇指向一个灰色地带，介乎妓女和体面受到保护的上层家庭之间。

流传，逐渐显得好像是真正可以实现的可能；虽然我们无法确定中唐的情人是否如诗歌和小说中所描绘的那样感受如此激情、拥有如此经历，但我们知道其他人——不是那些情人们——对此真是这么确信的。

浪漫传奇的问题是"情人结合之后，从此幸福快乐"（"happily ever after"）这一部分。情人关系的建构——在浪漫传奇的叙事之中，可能也在浪漫文化之中——最初与浪漫传奇的建构本是一致的；也就是说，情人们以及支持他们的那些人设计爱情关系，以与浪漫传奇作者同样的方式具体策划种种情节。但是，浪漫爱情本身是一种自由的抉择，选择进入一种永久的幸福状态，而文学叙述则与之相反，必须有终结，因而可能会限制自由、打破幸福的状态。

这里我们回到边界问题，即那种封闭和保有空间的力量。诗人之所以能够创造一个受到保护的、私人的、家庭的空间，就在于他确认它微小而多余。浪漫传奇则试图将一个更为严肃的领域划为私人空间，因此，它与社会整体的重要利益就会发生冲突。这时，空间的界线往往就会被打破，外边的世界侵入并影响到传奇的主人公。[1]

自由选择和约束之间的平衡，在传奇叙述之中扮演了重要的角色，恰如它在一切中唐时代对自主领域的再现中一样。情人们激情的内在约束力，和家庭、国家或外部环境的外在约束力，都

---

[1] 情人结合之后"从此幸福快乐"的浪漫传奇，通常需要仙女而不是凡间女子做主角。为了获得世俗的"从此幸福快乐"，唐传奇《李娃传》必须想方设法把旧日的妓女容纳进家庭和国家的系统之中。

能在传奇中得到直接的再现；独立自主不过是这些彼此冲突的强制之间的争执区域而已。然而，有一种外在强制的约束形式，必得受到抑制，传奇才能得以成立。这一特殊的外在约束的影迹，依然不断侵入传奇的叙事表现之中。这即是经济的强制性，这一社会性因素使得浪漫传奇的发生之所"风月场"得以存在。在许多浪漫传奇中，否定女性在与男性的关系中有任何经济约束，是一个关键的情节因素：霍小玉用的是自己的钱；李娃断绝了与鸨母的关系，耗尽了自己的积蓄；王氏则从阴间出来夜候李章武。在每一种虚构情况里，对男女间关系的再现，都超越了女方对男方经济上的依赖性。

这一特殊的情节因素，提示我们注意到虚构的浪漫传奇与风月场的社会现实——它是虚构的传奇所指涉的背景——之间的差别。风月场中的关系是由金钱交易支持的。女性方面的情爱显示，总是因为双方交往的经济性质或者双方权力的不平等而受到质疑。打破幸福情爱面纱的经济约束力，在《李娃传》的前半部分得到强有力的显示：鸨母强迫李娃一旦年轻人钱财耗尽后，就与他断绝关系。关于情爱（在李娃的情况里，是一种是非感）可以超越经济依附而存在的幻想，在浪漫传奇文化中具有重要的结构作用，它确保相互之间的自由选择，而这一点正是浪漫传奇文化所依据的理想，并使之区别于纯粹的性交易。[1]

还得注意浪漫传奇压抑了对年轻男子经济依附地位的表现

---

[1] 李娃在道德责任而非情爱的支配下行动，这一点对于她与年轻书生的关系最终得到认可、为家庭和国家所接受，是非常关键的。

(虽然这点在《李娃传》中也有鲜明体现,在《任氏传》里面则以一种公开而复杂的方式表现出来)。《李娃传》和《霍小玉传》里面的年轻人带着一定的资财来到都城,这可以支持到他通过科举考试获得自立。男性独立和具有经济力量的幻象,对进入浪漫关系是必需的。这是中唐对身份和领属权的关怀的一个变调:就如一块被占有的土地那样,独立自主是由一个人自由支配自己的能力来证明的。

这种超越了经济依赖的自由选择的关系,意味着一种深刻的觉悟,即经济依赖对情感的影响。这些唐代小说表现的不是风月场的社会现实;它们表现的是体现在小说之中的风月场文化——这些小说是由它最深层的关切激发出来的。这里,我们有了一个简单而有力的例子:小说再现的不是社会现实,它再现的是一个社会所关心的问题。

这些文学文本是男性创作的:这些小说显然是针对男性焦虑的,他们对女性的真情心怀关切,感觉在既定的社会和经济不平等情形下,那情感或许是可疑的。与婚姻关系——其中女性地位是制度性的而不是由情感确定的——不同的是,浪漫传奇文化基于对持续的自由选择的想象之上。一个通常的情节是,一位歌女爱上了一位士人,而后者不得不离去,歌女以这样或那样的方式显示了她情感投入之坚定,尽管情人之间仅有很短时间的相处。在对这一坚持的考验之中,条件和局限性是关键性的:变心、钱财耗尽、出卖背叛、濒临死亡、由于更有权势的人——诸如父亲,或觊觎所爱对象的有势力的竞争者——介入而关系破裂。

我们不知道，浪漫传奇小说的读者是否都是或主要是男性。[1]这些小说体现了男性的利益，这并不排斥它们也体现了风月场中女性利益的可能。一位男性情人的坚定忠诚，是脱身风月场的一种现实途径，也是在象征的意义上脱离风月场的一种方式。确认一个人的身体不是迫于需要而出卖的物品，其方式就是对超越经济依赖的选择所做的想象。

中唐浪漫传奇文化中的小说，在一些重要方面与早期情色叙事文学不同。早期唐代小说如《游仙窟》包含了许多小说的核心套式，这些套式都环绕着一个问题：对扩展的情色关系加以限制。一个或更多的年轻人遇到一个或更多的年轻女子，通常在某些陌生的或边缘的空间——洞窟或坟场，所有这些都转化为一个豪奢的居所。年轻人被扣留，一时意乱神迷。如果过后他逃离囚禁，那女子便是神女，而他会悲哀伤怀。如果他没有逃脱，女子便成了野兽，必得除掉为快。这些情形远远不能穷尽这个简单故事的无数变调。

这个简单故事的各种版本，几乎总是将所爱的对象描绘成一个神女或者原先是一动物（最常见的是狐狸），而非人间风月场上的人物。这样的故事是对未得到认可的两性关系的比喻性叙述；这些故事代表了哪一个性别的利益是没有任何暧昧之处

---

[1] 唐代风月场中女性是否识字的问题，无论就普遍性还是程度而言，或许都是一个难以回答的问题。然而，就中唐浪漫传奇文化中女性的参与这一问题，可以做出若干点观察：首先，如薛涛、李季兰（还有鱼玄机，如果我们将她视为风月场人物的话）这些风月女性是识字的，我们有她们的诗作为证；其次，小说和诗歌中，往往设定妓女是识字的；最后，我们知道许多文言浪漫传奇有歌行版本，显然不用阅读就可以听懂它们，而这些同样的故事肯定是口头重述的。

的——它们是纯粹的男性小说。拥有充裕钱财——转化为充裕时间——的年轻人耗费了自己的资财（耗尽自己的时日），最后则感到自己毁了自己，因为消耗得太多，或者希望自己还有更多的资财可以挥霍。

尽管继续有这样简单的情色故事创作出来，但八世纪末和九世纪初著名的传奇作品，则以重要和有趣的方式，改变了这一核心故事。在这些传奇故事的深层，到处充溢着经济的约束力和金钱依赖，但表层的叙述则成了自由选择和不同约束力的舞台。《任氏传》是此一转变的极好例子，故事中的狐女成了风月场中最富于人性的女子，卷入一场复杂的金钱依赖关系之中，她试图与有势力的资助者清账，为自己的情人提供经济独立；情人之赢得她的心，是因为他把她当成一个有选择自由的人而非异类看待。随着浪漫小说将主要的关注放在女子的自由选择上，对男子的表现，也就相应发生了变化：男性的持久不变便成了一种积极的价值，成了一个问题。无情的背叛者，进入了浪漫叙述的常见类型之中。

《霍小玉传》或许可以视为问题重重的中唐浪漫传奇的典型范式。[1]此传以富于才华的年轻诗人李益到风月场中寻找合意的佳偶开篇，他寻找情人不仅是一种选择行为而且是一种挑选行为（"选择"在此意味着一种包含了承诺和长时段的根本性选择行为，它是一种自由的选择，而就此限制了一个人做其他选择的自由）。李益请托了名媒鲍十一娘，她传话说有一位自足自立的年轻女子正在寻觅一个人才出众的男子。文中描述了她的家世，与

---

〔1〕《霍小玉传》的英译，见本书英文版178—191页。

李益恰相匹配——尽管她的社会地位有所下降，使她成为风月场中的合适对象。这将是一场完美的浪漫传奇，双方都经济独立，可以做出自由的选择。鲍十一娘安排李益次日午时在其居处与那年轻女子会面。这中间真有一种喜剧性的因素：李益突然发现不仅是自己在做选择，而且成了被选择的对象，他打扮起来，借了马和马饰，惴惴不安，不知自己是否能得女子的欢心："迟明，巾帻，引镜自照，惟惧不谐也。"这一阶段，李益预想自己在对方眼中的形象，提示我们：《霍小玉传》是浪漫传奇小说中的少数，即情人相遇之前就已经听说了对方。更普遍的情形是偶然邂逅所爱的人，尽管这也是在一个更大的寻觅情人的背景之中。男主人公初见情人而为激情的潮水吞没的那一刻，呈现了那种作为内在约束力存在的强烈冲动，它与浪漫故事中的选择因素构成一种平衡。而《霍小玉传》的开篇场景中，选择作为尚未决定的事态被提升到主题的层次。因为爱人最初的"亮相"——无论男性还是女性——对选择而言，都是一个决定性的时刻，李益预想并仔细安排了自己的亮相。

被看从而被判断，从李益到达霍小玉的住处时开始了。首先是鲍十一娘的调笑，将李益的出现当作造次闯入，而如果霍小玉确实是体面尊贵的良家少女，这真可谓是造次了。这一点在出人意料的鹦鹉场景中再现，更加表现了霍小玉处在边缘地位的良家体面：

> 庭间有四樱桃树，西北悬一鹦鹉笼，见生入来，即语曰："有人入来，急下帘者！"生本性雅淡，心犹疑惧，忽见鸟语，愕然不敢进。

鹦鹉认出李益是一个闯进女性内室的侵入者,他在惊惧中退却了,好比他突然发现自己置身于另外一种完全不同于浪漫传奇的叙事,置身于一个依循完全不同法则的社会境况之中。于是,李益不得不由霍小玉的代理人鲍十一娘和她的母亲领进屋去。这里,我们一定会回想起占有领土的关键要素之一,就是能够拒斥他人,从而有权力出于自己的选择邀约别人进入。李益正在进入一个属于女性的空间。

尽管充满犹豫,李益毕竟进入了霍小玉的宅邸,这确是一个意义重大的侵入行为。浪漫传奇文化最重要的方面之一,就是其发生的处所。合乎礼数的婚姻,其核心仪式就是奉接新娘,把她迎入新郎的家,进入其家庭。风月场中的女子,与其非人间的对应者狐狸和女妖等,则在自己的屋子里接待男人,即使维持的费用最终还是来自她们的情人。主、客("客"是一个常常和新娘子联系在一起的字眼)关系的颠倒,是一系列权力倒置的一部分,正是这些权力倒置使得浪漫关系得以进行。我们不妨注意到后来,李益背叛霍小玉后,竭尽全力躲避她,这时候最为重要的一点就是李益被带入霍小玉的住处与她重见。虽然在外面他可以任意而行,冷漠无情,而一旦回到她的屋子里面,他就变得毫无力量了。

李益首次进入宅子,开始文雅有礼的游戏,它摹拟的是外边世界的社交协商,我们怀疑,这正是风月场中实际进行的性协商的重要部分。它总是以婚姻协商的方式表现,关键的差别仍是性爱的发生与其后的同居发生在女方的住处。协商完成了,最后必然是年轻女子的"亮相",令人炫目的光彩照例征服了男子,让他无法自控。

（其母）遂命酒馔，即令小玉自堂东阁子中而出。生即拜迎，但觉一室之中，若琼林玉树，互相照耀，转盼精彩射人。

这里不同寻常的是，这一切完全是事先安排、精心设计、仔细协商的。最初的形象展示，摹拟并且预示了小说中后来的身体展示和性快乐。契约式的协商不应该影响到内在的冲动。男子选择女子，惯常的表现方式是为之倾倒，与此相反，女子对男子的选择以言语嘲戏的方式表示出来。第三者的描述——鲍十一娘分别在男女双方面前大做广告——在促成男女双方结合方面起了重要的作用，然而，我们现在却发现霍小玉也为李益的诗所吸引，李益的诗句通过外边的疑似动静，表现了情人的边缘化出场：

既而遂坐母侧，母谓曰："汝尝爱念'开帘风动竹，疑是故人来'。即此十郎诗也。尔终日吟想，何如一见。"

在浪漫背景之中，所谓"故人"即指情人。霍小玉母亲有关这两句诗的言辞，揭示了在事先安排策划好的相见相遇中浪漫传奇文化所扮演的角色。诗中的浪漫意象，在霍小玉遇见情人之前，已经抓住了她的想象；她一再诵念这些诗句，想象着它的作者；文本先于性。但是，小玉最喜好的这联诗，隐约预示了她的命运：长久处于欲望未能实现的期待之中，徒然等待自己旧日情人的归来。

随即，这对青年男女戏说"才子"与"佳人"的相会；他们一起饮酒，女子歌唱。如果我们熟知这些乃是通向亲昵关系的惯常标志,就可以明白:床笫之欢的场景必将出现。

> 解罗衣之际,态有余妍。低帏昵枕,极其欢爱。生自以为巫山洛浦不过也。

在描述性交的陈词套语之后,紧接着,霍小玉开始啜泣,契约性的协商又开始了,这次有关两人关系的期限和稳定性。开始时,我们有一简单的对称情节:男子寻求女子,女子寻求男子;男子见到了女子并且有意于她,而女子有意于男子并接受了他;他们上床。协商是一种手段,选择通过它得以实现,性爱的仪式得到策划和实行。在性爱发生之后,即刻——霍小玉确实说明了,她的焦虑发生在"极欢之际",这让人想起系于汉武帝名下的《秋风辞》,其中,悲哀的念头也是在极欢之时突现的——便出现了有关期限的新问题,一系列新的协商在两位主角之间开始了。

霍小玉首先诉诸社会秩序,即两人之间不相匹配的地位。没有世俗社会秩序的支持,李益将可以如同选择小玉那样自由地抛弃她。早先那篇关于"才子""佳人"相应的对话已经包含了时限的问题:才华是长久伴随一生的,而美貌则有时限。当这一时限到来,李益便会抛弃霍小玉,而她却不能抛弃他。时限问题出现的时候,最初对于欲望、对应和平等的叙事,暴露了它的真面目:它不是平等的。

或许最有意思的问题就是,李益何以不能简单地说:"是的,确实如此。"他当然不能承认一段时间之后,他很可能就此抛弃她。尽管我们视之为理所当然,这一禁忌是浪漫传奇法则的核心要素。李益在做出永不抛弃霍小玉的誓言之前,他说:"平生志愿,今日获从。"浪漫的选择行为,不能像是选择一只柚子:它是一个绝对化的个人选择。尽管因为滥用,这一言词已经贬值,以致我们忘记了它的根本意思,它确是一个把自己交付出去的承诺(commitment of oneself)。

如此的"交付"行为,涉及对价值的过高估计(overvaluing)。我是在形式意义上使用这一术语的,而不是一种个人判断。情人被赋予了无限的价值,远远超过他/她作为一个社会性的人或性对象的价值。如同机智(wit)一样,这是在文化价值的交换系统中创造多余价值。浪漫传奇主要是一种价值评价的话语,其所估定的价值总是超值的,常常相对于其他具有巨大价值的东西——一个人的生命、社会声名、产业——体现出来。这些具有巨大价值的东西往往被花费掉,以确认或确保浪漫的情爱。

情人之间——或者一个情人与一个社群成员之间——的话语,常常类似于讨价还价。许多浪漫传奇作品,围绕着若干事件结构而成,这些事件显示了价值的相对。正如时限的问题在话语层次抗拒限制,同样,价值评估的行为必须超越所有具有社会合理性的价值判定。

机智的园林诗人和情人一样,都创造出一种诠释中的多余价值。当然,其间的差别在于,浪漫的承诺不具有反讽性,它使得一个人承担其坚持自愿而独特的价值高估的风险。《洛下卜居》一诗中,白居易对自己的太湖石和宠鹤表达了类似的承诺,但他第二天仍然可以去官署上班。白居易同样对独一无二的承诺话语感到吸引,但那没什么问题,因为仅仅是游戏而已。浪漫的承诺则试图在世间社会中建立个人的价值评估,或者如此处所显示的，以文字再现这样的个人化价值评估行为。[1]

这样绝对的选择行为否定了叙事的可能。这是对"从此幸福快乐"的选择，超乎时间之外。身处爱河之中的状态，不允许任何变化发展，除了在程度上。浪漫传奇小说往往会提到完满幸福的状态（但是无法对它做出在时间上不同于其他阶段的描述），这种幸福状态没有终止时限，恒定不变。只有幸福状态的中断才会使我们回到叙事。

情人做出选择，其选择不受制于外在的力量；这也就是说，他们的选择是独立自主的选择的自我折射——也就是说，是对独立自主所做的选择。早先，我们讨论过对应于中古时代隐逸观念的私人空间的发展，我希望以下的说法不是那么可怪：不仅浪漫传奇文化是私人空间的另一表现形式，而且它是隐逸文化的更完美的对应形式。在公共世界中，事物是变化的；隐士世界和情人获得的幸福状态，则是稳定不变、需要承诺的。园林的消遣仅是暂时的，但它是可能的；情人们的幸福快乐则被视为没有时限的，所以通常把它表现为神仙境界。与隐逸一样，情人的幸福基于对社会秩序的抗拒；但与隐逸不同，它包容了另一个人，完成了一个最小限度的社会和绝对的自主之间不可能实现的妥协。这在实际的意义上是完全不可能的；但它作为一种观念的力量，在传统中国犹如在其他许多社会中一样，是极为巨大的。

回到《霍小玉传》，这也就是李益何以无法说出："是的，等

---

[1] 很有必要记住，唐代的上层社会中，浪漫的承诺与社会认可的婚姻关系之间，不是那么易于协调统一的（而我们在现代世界试图把二者统一起来）。李益要实现他的承诺，就不得不对抗家族和整个社会观念；这很可能就此毁了他的前程。

你变丑了或者成为负担,我很可能抛弃你。"说得出这种话的人属于妓院,不属于风月场中的浪漫传奇文化。李益为回应霍小玉的焦虑,写下了一份"盟约",作品没有告诉我们李益所书盟约的任何具体内容,只是说:"句句恳切,闻之动人。"

此处以及别处的措辞表述,很有意思,它们意味着在李益和霍小玉之间关系的发展中,始终存在一个旁观见证的公共世界,它完全知晓情人间的亲密关系。令人惊讶的是,正是这个旁观着的公共世界,最终以强力贯彻实行了浪漫文化的规则,指责李益的行径,并迫使他面对霍小玉生命的最后时刻。以下是霍小玉濒临死亡的场景:

> 遂与生相见,含怒凝视,不复有言。羸质娇姿,如不胜致。时复掩袂,返顾李生。感物伤人,坐皆欷歔。顷之,有酒肴数十盘,自外而来。一座惊视,遽问其故,悉是豪士之所致也。因遂陈设,相就而坐。

从开始时寝室中的盟约到这一最后时刻,我们本以为应该是情人间最为私密的关系,实际上却得到了公开表现,这一关系的结局甚至还有一场由旁人提供的宴饮作为见证。旁人常常在故事中现身,做出判断、参与其中。公众站在霍小玉这边,以他们的舆论和行动,支持浪漫的承诺,对抗权威化的社会要求。读者也被置于同一地位。这些无名的观众,在浪漫传奇内部体现了浪漫传奇在社会中所起到的作用。现实社会的成员无法过浪漫传奇的生活,但他们可以要求浪漫传奇的存在。他们不能为自己做出如此选择,但他们可以为别人做出如此选择。"选择"一词,在这里指情人的绝对化选择。耐人寻味的是,不管人们如何宣称"孝"是传统中国的基本美德,读者几乎不可能把李益对母亲的顺从视为美好积极的儒家行为。这篇传奇作品显示出,唐代中国存在着一种浪漫文化的法则,在特定的叙事条件下,它的律令被人们认为要高于儒家的社会秩序。

从李益在两人相聚的第一夜于寝室中写下盟约的那一刻开始,李益和霍小玉就进入了快乐幸福的爱情阶段。如同唐代传奇中通常的情形,大段大段的快乐幸福时光迅速地一掠而过:"自尔婉娈相得,若翡翠之在云路也;如此二岁,日夜相从。"幸福拒斥叙事,或许也拒斥一切话语。

通过科举考试,年轻人正式进入公共生活,这在唐代传奇作品中通常是非常重要的事件:它们在叙事中设定了一个时限。在这一时刻,情人之间的关系或者被合法化,或者(更多的情况下)受到现实世界的威胁,在浪漫的情节之上书写传统的社会性情节。这里,在李益获得授官即将赴任的宴会之后,我们见到了《霍小玉传》中最不同寻常的时刻之一。霍小玉要求第二次盟约,这次为他们的关系设定了八年的期限,此后,李益可以不受约束,回到非浪漫的公共世界中,缔结能为社会所认可的婚姻;霍小玉自己则将削发为尼。这在浪漫叙事和社会为一位前程远大的年轻官员设定的情节之间显得非常明智的妥协,是不允许发生的。

早先我们有关私人空间的讨论,在这里就很合用了。私人空间所限定的私人区域处于现实世界之中,它既与后者分离又包含其中;就如同在西方,艺术呈现于现实世界之中,又以舞台作为框架或者边界与现实世界相分离。"我的"领地存在于皇帝的领地之中，但依然是属于我的；"我的"经验产生在受制于皇帝意念的公共生活之中，但这一时刻仍然属于我个人。表现私人空间的诗人处理的是小型的物件和封闭的天地，所以他也就可以接受自己快乐的暂时有限：这些天地显然是供"公暇"消遣享用的。霍小玉所祈求的便是如此一种处于更大的社会决定性世界之中而在有限时段内又可独立自主的可能性。

我们必须再次提出问题：李益对此何以无法接受？他对霍小玉建议的拒绝，是另一种更为激烈的诗人所谓的"勿言"——所"勿言"的是针对诗人诠释溢余的常识观点。这里，我们或许会想起孔稚圭《北山移文》中那位中古隐士对山林的背叛。与那位隐士一样，李益做出了一个绝对的选择，一种不再更改的状态，而不是叙事中的一个情节进展。从这一承诺的任何退却，都是对拒斥时限——这是浪漫的核心——的背叛。但是李益通过了科举考试，正开始自己的政治生涯，这是社会赋予他的叙事。虽然他不能松手，但他的浪漫承诺已然是一种梦幻了。霍小玉要求他接受时限，他必须拒绝，无论结局如何不幸。

面对一个女性，霍小玉，李益必须重申他的浪漫承诺；而面对另一个女性，他的母亲，李益必须承担让她愉悦的叙事。正如对前一个女子，他不能毁了自己作为"情人"的角色，李益对另一个女性，也不能毁了作为"孝子"的角色。这对没有反讽能力的男子是一场悲剧。"情人"的叙事和"孝子"的叙事是不能调和的（除非他是一位反讽者），因此，李益无法再次面对霍小玉。只要是在她面前，他就不得不再做"情人"。确实，当李益被挟持来面对霍小玉临死情景的时候，当他在霍小玉死后与她相对的时候，李益都表现出作为情人的真诚。

谁支撑两人的关系，谁支付开销，这个问题总潜伏在故事下面。这里存在一种扰人的对应。当李益外出为母亲聘定的新娘筹集聘金的时候，霍小玉则花费自己的资财打探李益的音讯。霍小玉的这些花费，与迷恋烟花的男子为自己所爱的人所耗尽的钱财相对应；与那迷恋烟花的男子一样，霍小玉也获得了那些理解风月场中浪漫世界的人们的同情和支持。金钱的花费似乎是价值的证明。对李益而言，豪奢的聘金是社会价值的标志，是通过婚姻进入名门的代价。而霍小玉的花费，是对价值的私人估定；她耗空了她所拥有的一切，但她所指向的价值超乎社会上一般认同的价值。她的观众们对此表示认可；如果他们自己不能建立私人价值系统，他们尊重这种可能性。白居易对他的太湖石和鹤也表示了类似的价值观，他成功了，因为这不带来任何风险。霍小玉迎险而上，失败了，却赢得了尊敬。

霍小玉自己的"价值"问题，与她暧昧的社会地位不能分开。在与李益初会的夜晚说出自己的焦虑的时候，霍小玉十分清楚地表明了自己的身份："妾本倡家。"但她也是唐宗室霍王的女儿，在霍王死后，因为她母亲的微贱身份，而离开了王府；不过她同时分得一份家族的财产，这表明她也得到了家族的承认。霍小玉本人就是浪漫传奇文化的产儿，她很清楚，这样的一种关系不能持久，因为只有社会的承认才能使一种关系延续下去。霍小玉无法进入社会认可的关系，也不愿成为倡家伎人，霍小玉利用从父亲那里继承来的"价值"自主地行动，自由地处置自己的身体和财产，她明白这两者都有一定的时限。但李益拒不接受她的时限，因此使霍小玉进退两难。

霍小玉最后典当父亲的礼物紫玉钗，是作品中最著名的事件之一，在这一情节中，多种不同的价值会聚于一处。霍小玉的侍婢将紫玉钗带到市场，结果被一位老玉工认出，正是这位老玉工许多年前制作了霍王赠予女儿的这一礼物。他从侍婢那里得知了整个事情，深为感慨，带侍婢到了一位公主的宅子，"具言前事"。公主也深受感动，让侍婢带钱回去给小玉。在个人过度的价值赋予行为（耗尽所有钱财以求得显而易见变了心的情人的消息）和那个对浪漫感兴趣并分享其价值的社会群体之间，发生了完美的交叉。霍小玉的故事，作为小说叙事中的故事，被一再传讲——它流通开来。公主被这个故事打动，拿出钱来，就如同一名听众，这样，故事才能进行下去。

李益"寂不知闻，欲断其望"，他的沉默、他的小心回避、他无法面对霍小玉，这些都属于作品中最令人震动的时刻。同样异乎寻常的，是尽管所有证据都表明他抛弃了她，甚至她已从别人那里听闻了李益的背叛，霍小玉还是困于李益的沉默之中不能自拔。对霍小玉而言，李益必须回转来说些什么，或者听她说些什么，然后才能有一个了局。李益无法在完美的情人和尽孝的儿子之间做出协调，便试图从自己的生活中抹去霍小玉，但发现这是不可能的。即使不在视野之中，霍小玉也总是作为一个需要回避的对象而存在。李益与朋友们出去的时候，他们会对霍小玉表示同情，批评他。李益无法接受园林的有限私人空间、时间的限定或者使人能够既投身事中又置身事外的反讽态度，因此他试着建构一种没有界线限制的关系，以使这一关系与社会生活一起延续下去。他通过言辞、通过发誓来建构这一关系。现在，除非他出现在霍小玉面前，撤回自己的誓言，李益所造成的一切不会就此走开。可他依然无法做出必需的退转。

霍小玉提出了自己的故事版本，李益拒绝了这一版本，坚持他自己的版本。霍小玉接受了他的说法，此刻，她无法走出李益的故事版本，除非他现身，改变他的说法。所有这一切都成了众所周知的了。李益对小玉说：我会永远爱你，等着我，我会派人来接你。这个故事依然如故地悬在那里，李益却已经开始对别人讲述新的故事，但他却无法结束那头一个故事；他不能让它就那么悬着。听众变得不安静起来，开始介入故事之中——他们传递信息，评说故事的主角，最终忍不住插手将故事带入结局。李益丧失了对故事的控制。

最后，黄衫人介入了。他靠欺骗来达到他的目的，对李益说，如果跟他走将有声乐娱情。李益发现自己被迫回到许久以前由他开场的故事里面，这个故事他一直都没有给它一个结局。他的到场使结局成为可能；他是霍小玉之死必要的见证者。现在，轮到霍小玉来讲故事了，这个故事讲的是李益的下半生：小玉将化为复仇的厉鬼。霍小玉没有让自己的故事残缺不完。

我们或许应该注意到霍小玉的鬼魂复仇的特殊性。超自然的因素只在最初是必要的——床幔边男子的影子，从门户投入的信物。如果真有鬼魂，它看来知道如何引发已然存在于李益性格和以往生活中的东西。除此之外，就不需再做什么了。李益开始怀疑自己妻妾的忠诚；他休弃她们、残杀她们或恐吓她们。问题总是出在他对她们的感情和欲望进行控制的能力上，这种社会性的控制徒劳地对抗她们的自主性。自由选择所爱的人的权力，这一浪漫传奇文化的基础，成了李益的梦魇。正如他为自己选择接受社会的约束力，他也试图强制别人，他的疯狂是因为他知道自己无法控制他人的感情。所有这一切，都是阴暗的回声，它回应着故事的开始，李益焦虑不安地接受了霍小玉出于*她自己的*自由选择而交付给他的爱和信赖，这一选择无关经济因素的影响。此后，李益生活中的所有女子都住在*他的*宅子里，由他供养，可以说他买下了她们。这时，选择的自主——它是浪漫和忠诚的关键所在——成了可疑和危险的了。如果这些女子能够自由选择的话，她们或许会选择别人。这才是真正困扰和毁掉了李益的不散的阴魂。

《莺莺传》：抵牾的诠释

元稹（779—831）的《莺莺传》无疑是唐代最具有问题性的叙事作品。十四世纪，它的俗语改编戏《西厢记》，为故事加上了一个喜剧的结局，试图解决《莺莺传》所引起的困扰难题。但即使十七世纪著名的批评家金圣叹对该剧所作的周全一致的道德评点，也无法完全控制整个故事。

我们此处的兴趣，不是要确定这个传奇作品究竟是否元稹情事的自传式记述。这是永远不会有确凿的历史证据来证实的。然而，通过细致阅读传奇本身，我们可以说，如果这一作品是自传性的，那么作者将自己塑造成主角张生，是一件非常奇怪的事情。如果这一故事是自传性的，那么，元稹或者显示了表现复杂关系——兼有正误——的罕见能力，或者就是一味专注于进行自我辩解的极其盲目的尝试，而这一尝试则很大地削弱了他努力的目标。

《莺莺传》包含了两种对立的观点，这两种观点都试图控制整个故事，向对自己有利的方面导出判断，这在唐代传奇作品中是独一无二的。对事情的解释以及随着这些解释而来的判断，面临着质疑和考验。我们试图做出道德判断，而以失败告终，但这一失败并不意味着这一故事与读者们试图赋予的道德判断一无相关,这个故事企望我们做出道德判断。最终,争论成了死结,任何一方都完全不能相信对方的观点,我们没有可靠的基础做出选择。一方面是传统的惑魅女子的文化意象,诱引、操纵、装嗔扮痴以达到其意愿。另一方面是浪漫文化的价值观念,这可以见诸《霍小玉传》。在一个自由协定的浪漫关系中,双方的荣誉感都面临挑战;情人们必得实践他们的承诺,男子的背叛会招致整个社群的批评。《莺莺传》仍具有特殊的力量,能够引起读者们针对这一自古以来两性之争的这一面或那一面的强烈认同。如果必须的话,就让我们采取某一面的立场(女性往往支持张生反对莺莺,而男性常常支持莺莺而反对张生),但我们得记住,当《莺莺传》当初写出的时候,存在着两种价值观念,而两种观念都很有势力。

《莺莺传》中互相竞争的观点,产生于中唐时代诠释话语互相冲突的背景之下。在细琐的层面上,白居易这位机智的园林诗人,坚持他自己的溢余诠释,和他自己引入诗歌的常规观点之间造成张力。韩愈比近代以来的任何人都更为好辩,他常常自己批判自己建立起来的立场。孟郊一再以"谁谓"这一修辞来与温柔敦厚的常规意见争论。柳宗元兴致勃勃地为永州野外的小石城山做出了种种解释,只为了最后否定它们。但看来更为困难的是对《莺莺传》做出判断,这里,诠释的冲突不是那么容易控制的。这或许不是作者有意如此,但文学史可以证明,在一个时代里被启动的问题,如何常常压倒了作者最热切的寻求一个简单解决答案的努力。

《莺莺传》的开篇和结尾,都由年轻的张生试图向朋友们辩说自己行为的合理性。[1]这一结构框架,建构了故事中的内在听众,最后,叙述者向这一听众叙说张生和莺莺的情事,并呼吁这一听众做出道德判断。

> 贞元(785—804)中,有张生者,性温茂,美风容。内禀坚孤,非礼不可入。或朋从游宴,扰杂其间。他人皆汹汹拳拳,若将不及,张生容顺而已,终不能乱。以是年二十三,未尝近女色。知者诘之,谢而言曰:"登徒子,非好色者;是有凶行。余真好色者,而适不我值。何以言之?大凡物之尤者,未尝不留连于心,是知其非忘情者也。"诘者识之。

开篇的这则训示性的逸闻和结尾的道德判断,引导出一种解读:这是一个有关道德"成长"的故事。经过了微小的堕落和随后的悔悟,年轻人成长了,从自己的错误里面汲取了教训。如果讲述这样一个故事,我们可以从开篇张生宣称他对"物之尤者"心有所感开始,与他后来对"尤物"之危险——在此语汇后面是儒家对男性权势丧失的深重忧惧——的觉悟相比照。

在作品的文本里面,确实有这么一种声音,试图给出如此令人生厌的解读;但这种声音没有控制整个叙事。莺莺太过动人,有时也太过脆弱,因而不能仅仅化约成张生道德教育的叙事工

---

[1]《莺莺传》的英译,见《中国"中世纪"的终结:中唐文学文化论集》(*The End of Chinese 'Middle Ages': Essays in Mid-Tang Literary Culture*, Stanford: Stanford University Press, 1996) 英文本,192—204 页。

具。我们或可试图来挽救这样的一种解读，提出《莺莺传》与那些次要的传奇作品不同，后者对"尤物"的刻画肤浅而隔膜，《莺莺传》则为我们提供了对"尤物"的丰满表现，展示了其性格的强大力量——这使尤物如此动人，因而也如此危险。而因为对尤物的表现如此丰满，我们便不再能够顺当地从中"汲取教训"了，它诱惑我们，开始控制整个作品文本。如同弥尔顿（Milton）的撒旦（Satan），如果我们要坚持那种维护公共道德的解读，我们便不得不面对另一种危险选择所具有的吸引力，会发现我们自身存在一种强有力的部分，它会做出对抗公共道德的选择。

对于私欲的产生和力量的完美呈现，撼动了将《莺莺传》作为儒家道德成长故事的读解。故事中还蕴涵着另一种读解。这一读解来自当时的浪漫文化——《霍小玉传》就体现了这一浪漫文化。与《霍小玉传》中介入故事的听众一样，张生的朋友看来倾向于这一浪漫文化的读解。在这样的一种故事读解版本中，一位年轻男子遇到了一位年轻女子，她既具激情又专一投入，出于自己的自由意志献身于对方。这样的一种关系得到高度的价值肯定，因为它基于情感而不是社会责任。年轻男子却无法理解、欣赏如此纯粹的承诺，出于考虑自己政治前途的自私动机，张生轻易地抛弃了莺莺，置之度外。

不幸的是，这一读解与儒家道德的读解一样，受到了很大的削弱。莺莺的激情之戏剧化无法视而不见。莺莺是一位上演了一出浪漫激情戏的女子，对自我形象有强烈的自觉意识。与霍小玉不同，莺莺 可以 成为一位合法妻子，她也很清楚这一点。社会动机的不明，使莺莺的激情献身令人疑惑。故事的结尾，浪漫理想被完全颠覆了:莺莺誓言至死不渝,可是在张生抛弃她一年后另嫁他人。

在《莺莺传》中,我们看到了两种不同的社会价值观念的冲突,它们都试图以自己的方式构成对故事叙述的诠释。然而,它们都成功地削弱了对方,我们因此面对的是一个呈现了可信人性的故事,而不是规范的、由单一价值符号主控的文本。现代的读者仍将会为这一种或那一种诠释热烈争执,这本身即是很有意义的。难以想象,对《霍小玉传》或其他任何唐代传奇作品背后的价值观点,会有争议。《莺莺传》是中唐时代的果实,在那个世界里面,价值观念和意义都被动摇了。

这一动摇的过程在故事中很早就开始了。上面引及的段落,呈现给我们德行和放荡之间简单的对立。这是其中援引到的《登徒子好色赋》的典型范式。在那篇赋作中,登徒子指责词人宋玉"好色";宋玉回应说他并不好色,因为他的东邻——世上最美丽的女子之一——窥视了他三年,而他始终没有屈服于她的魅力。接着,宋玉指出登徒子深深惑溺于他丑陋的妻子,乃至生了五个孩子;宋玉最后问道:两人之间究竟是谁好色?张生向朋友的自我辩解中,提出了颇具问题性的第三种概念:他宣称是"真好色者",这"真好色者"是在等待"物之尤者"。张生将自己置于宋玉——他欢迎美丽东邻的挑逗——的地位,这么做的时候,他在道德家于放荡和自我约束之间所做的简单对立之中,注入了浪漫文化的法则(也就是说,"才子"与"佳人"之间应该发生亲密关系)。

虽然按照浪漫法则来说"才子"与"佳人"应该发生亲密的两性关系,但"佳人"从来都不是"才子"的堂表姊妹。张生见到崔母郑氏的时候,他发现他们之间存在母系方面的血亲关系(作品对血亲关系表现得非常清楚,排除了这一亲戚关系乃是虚假客套的任何可能)。[1]这一点不仅为张生接触崔氏母女提供了合法的基础,而且莺莺作为异姓的母系表亲的事实,引致了合法婚姻的可能性。

张生在当地的兵乱中为崔氏母女一家提供了保护,为了感谢他,郑氏举办了一场宴会,她的孩子们尊张生为兄长。如果我们倾向于将此文本读解成作者为自己行为的辩护的话,我们可以将这整个部分视作他为自己进入崔家并与莺莺相遇所作的合理辩说。士族家庭处于适婚年龄的女子,是不与年轻男子见面的,以免引起双方的炽热激情。张生此时则置身于一个暧昧两可的地位,他是一位兄长(因此他可以见自己的"妹妹"),又是一位潜在的求婚者。郑氏安排这一很有问题的宴会出于什么样的动机,作品中没有任何暗示,但莺莺显然以为这次会面具有潜在的情色性质,因而是不合宜的:

> 次命女曰:"出拜尔兄,尔兄活尔。"久之,辞疾。郑怒曰:"张兄保尔之命。不然尔且掳矣。能复远嫌乎!"久之,乃至。常服悴容,不加新饰。垂鬟接黛,双脸销红而已。颜色艳异,光彩动人。张惊,为之礼。因坐郑旁。以郑之抑而见也,凝睇怨绝,若不胜其体者。问其年纪,郑曰:"今天子甲子岁之七月,终于贞元庚辰,生年十七矣。"张生稍以词导之,不对。

---

[1] 作品中,莺莺的母亲有时用原来的郑姓,有时用夫家的崔姓。

在故事的开篇，张生有机会解释了自己行为的动机。另一方面，莺莺不同寻常的举动，也需要解释，但却没有。在唐代的世界里面，有许多东西是确实存在的，但往往没有得到表现，这包括家庭内部的紧张冲突，比如母亲和十来岁的女儿之间的对立关系。这种冲突在故事此处得到表现，是为了透露隐藏在事物外表之下的情形。

现代的读者，或许甚至就连唐代的读者也很快就可以明白，莺莺的举动是一种因为被迫在潜在的求婚者之前抛头露面而做出的抗拒。现代读者会将莺莺的举动视为或是对母亲权威的抗拒，或是因为她强烈意识到张生是一个潜在的婚姻对象。莺莺天真地试图以常服悴容让自己显得毫无吸引力，达到的却是相反的效果。她撅嘴生气的样子使她显得更加动人。

儒家道德化的诠释会把莺莺视为"尤物"，并会把她的这一举动看作警示性的征兆，体现了莺莺的任性难驯，难以预料。浪漫文化的法则，看到的是同样的情形，但对此做出的诠释却会比较积极正面，也就是说，这一场景显示了莺莺的富于激情的性格，和对传统成规的抗拒。

无论我们如何解释和评断莺莺的举动，结果都是必然的：张生因此受"惑"——这一用语强烈表明张生步入了迷途。尽管对于道德家而言，这具有很强烈的负面意义，但这正是年轻男子在浪漫世界中竭力寻求的激情，也正是开篇中张生宣称他在寻找的那种激情。

这是《莺莺传》故事的伦理危机之一，这里，我们看到两种不同的求爱叙事混淆一处。在那未曾发生的叙事中，张生向郑氏求婚，做出安排娶莺莺；莺莺的侍女红娘和莺莺本人都一再向张生提示这样的可能。第二种叙事属于浪漫文化，在这一文化中，爱的激情无视社会的成规，自行其是。作品的最后，当读到张生的虔信的儒家言说时，我们不应忘却此时张生有意选择了浪漫叙事，他做出这一选择的社会背景中，对此甚至没有最低的社会接受度——因为是在他自己的家庭中。《莺莺传》之所以成为唐代传奇故事中几乎独一无二的作品，在于它的浪漫叙事悄悄渗透进具有社会合法性的家庭空间。这一混淆，甚至在他们的性爱遇合地点得到体现——他们有时候在她的住处相会，有时在他的住处相会。张生所知的"崔之姻族"——红娘提醒过张生这一点——正是那种在协商一场恰当的婚姻时所要交换的讯息。

张生拒绝红娘求婚建议的原因，主要是为时迟缓。在一场正当的婚姻仪式中，时间的延缓可以确保排除感情的即刻性以及这种激情对婚姻制度的稳定造成的威胁。订婚期可以来平衡自由缔结的两性关系所导致的时间问题。从浪漫法则的角度而言，激情的缺乏耐性是真实情感的保证。浪漫之存在，就是基于内在冲动的展现。但是张生内心冲动的火焰却轻易地被浇灭了，先是由于红娘的回避，后是由于莺莺的回绝。

正和红娘对张生正式缔结婚约的建议一样，她对张生如何赢得莺莺的建言，与开篇张生所谓完美的浪漫、"真好色"的实现，都是相拒斥的。在红娘的言辞里面，没有任何风月场中协商情事时庄重婉转的语句。红娘在谈论的是如何诱惑良家少女。红娘用来表示引诱莺莺的"乱"一词，将张生准备采取的行动与兵变（也是"乱"）——正是战乱使张生与莺莺有了最初的接触——做了比拟、类同。这里暗含了男子犯下的根本性道德出轨，而张生对红娘采取的语汇并没有表示反对。道德家所谓一个软弱的好青年迷醉于"尤物"的简单故事，由此看来，显然并非如此。

霍小玉为李益的诗歌所吸引，红娘则建议张生倚靠一种同样的策略，以诗歌来引诱莺莺。或许，《莺莺传》拿张生作幌子为元稹本人开脱的最有力证据，就是略去了张生给莺莺的诗和信，而录出了莺莺自己的诗和信。莺莺的诗，实际上包含了稍加改动的李益打动过霍小玉的诗句。一收到莺莺的诗，张生便"微喻其旨"。虽然后来我们发现二人的沟通很成问题，但莺莺借助于把自己呈现在一个未来的浪漫场景之中传达了她的信息。这里，我们第一次得到暗示：张生不是单独一人建构出一个浪漫叙事的。问题是未来的情人中究竟哪一位将来讲述这整个故事。

在以下的斥责场面里，第一次出现了话语间的激烈冲突。传统的浪漫叙事——它渐渐蜕变成一个诱惑叙事——由于崔莺莺突然作为"贞慎"女子的出现而被打破了，她宣讲了一通儒家的道德教诲，它似乎足以让冒犯者羞愧地低头垂首：

> 兄之恩，活我之家，厚矣。是以慈母以弱子幼女见托。奈何因不令之婢，致淫逸之词！始以护人之乱为义，而终掠乱以求之。是以乱易乱，其去几何？诚欲寝其词，则保人之奸，不义。明之于母，则背人之惠，不祥。将寄于婢仆，又惧不得发其真诚。是用托短章，愿自陈启。犹惧兄之见难，是用鄙靡之词，以求其必至。非礼之动，能不愧心。特愿以礼自持，毋及于乱！

我们很难忽略，莺莺雄辩指责的绝大部分花在自我辩解上：何以她投给张生那些具有性爱招引意味的诗作。莺莺所采取的道德高调体现了很大的权威性,但正如在中唐创作中所常见的情形,潜在的动机削弱了话语的权威。此处较之我们所见的许多其他文本更甚,我们不得不对一种从未想到要作反讽阅读的话语,作反讽性的读解。我们要质疑莺莺对张生自我辩解式指责的动机,这不仅出自常识。莺莺自己也说她采用了一种话语即具有挑逗意味的"春词",来实现隐蔽的动机。她在显见的和隐含的意图之间制造出裂隙,召唤我们去质疑她的动机。莺莺后来造访张生的卧室,这更肯定了我们的怀疑。很清楚,莺莺在指责张生时所扮演的角色,并没有明白、充分地表现出她真实的情感和意图。

这里展开了一片很大的诠释空间。我们可以说,莺莺是青春少女,受困于互相矛盾的冲动之中:她寄出了自己的"春词",而后深感羞愧,于是以这篇精心编织的解说来掩饰她原初的冲动。我们可以说,莺莺是一个"尤物",她的诡变正是她魅力的一部分。我们还可以说,莺莺是一位浪漫的女主角,道德和激情对她具有同样的吸引力,而最终她被激情吞没了。无论我们做何诠释,话语不再直接表示人物的情感、动机和意图。

一旦开始,此类对话语权威的撼动就一发不可收。正如莺莺自我辩解的道德权威由于她的隐蔽动机而受到削弱,我们也便禁不住要同样对待故事后面张生对朋友们所做的自我辩说的道德权威性。这或许不是作者有意造成的效果,但他自己在故事中引入了诠释的力量,而不复能对之加以控制。如果我们考虑及此,对于开篇时张生在游宴中为自己的行为向朋友们所做的自我辩解,我们会有类似的怀疑;我们同样疑惑郑氏安排了宴会以使张生迷上已经十七岁尚未订婚的莺莺并向她求婚。莺莺作为"贞慎"女子的一番言辞,以及后来张生忍情以避尤物的话语,其实是共同的价值观念的表达,但丧失了很多说服力,因为它们出于纯粹的个人动机。

张生向红娘承认自己欲情的场景,与他和莺莺的相会,非常之类似。男子首先采取越轨行动,受到女子的责难而羞愧退却,而后女子便采取了主动。这样的一种模式,甚至在《霍小玉传》中显然没来由的鹦鹉一幕里也露有痕迹。

张生受到了责难,丧失希望,甚至看来已经接受这样的情形。接下来,在一天夜里,红娘来到他的卧室,用当初张生潜入莺莺西厢时她说的完全一样的语句说道:"至矣!至矣!"似乎莺莺的责难是反常的,而此刻的场景重新拾起了浪漫叙事在彼时失坠的线索。实际上,浪漫叙事已经发生了意味深刻的变化:出现了一个新的叙事者——莺莺自己。与张生想写的诱引("乱")故事不同,莺莺写出的是一个更为古老的、由女性掌控遇合的浪漫故事。莺莺扮演的是巫山女神,她造访楚王于梦中,而后随心如意地离去:"[张生]疑神仙之徒,不谓从人间至矣。"莺莺或许与张生同样为浪漫叙事所吸引,但她想要修改脚本,自己成为主角而不是牺牲品。当然,这可谓又一个她是尤物的证据。

不幸的是,莺莺并非女神。她是一位出生于有名望家庭的——如果不算豪门的话——青春少女。虽然她或许受到浪漫叙事的吸引,但在社会所接受的婚姻这一较为平淡的叙事中,莺莺的处女贞洁是很重要的商品。她或许可以成功地解释自己为什么偏离轨道投赠张生"春词",但决意扮演神女角色则是犯了一个致命的错误。现在,她得依赖于张生情感的持续了,并且由于这种依赖所导致的权力不平等,莺莺此后对控制局势的努力便显得好像是"有心算计"了。必须指出,莺莺自己的行为和有关"春词"的解释,已经为我们把她的言行诠释为有心算计开辟了可能性。

莺莺比张生具有更多的戏剧性,更善于在某一特定场景中扮演一种角色。她所扮演的角色之丰富与夸张,使得我们无法在她后面找到一个稳定确实的莺莺。她是倔强生气的女儿,是贞慎的典范女子,是神秘的神女。在给张生的信中,她扮演了一位谦卑的妻子,而故事的后半部分,她表现出弃妇的许多侧面。尽管作者(或许是无意识地)把张生表现得不堪回护,但他最后对莺莺的指责中有一点或许是有道理的:他谈到她的"变化",以及这种变化带来的威胁感。莺莺的不可预料吓住了张生。

起先,张生甘心乐意地参与了莺莺神话式的性爱剧。当她第一夜离去之后,张生怀疑这是否是一场幻梦,接着发现了莺莺留下的痕迹可作她曾来过的证据。而数日之后,当香消泪散之后,张生不再那么确定了。这时,所有的点滴经验都表现在未必完成的《会真诗》中了。

《莺莺传》中所发生的事件和它们的各种文字再现——诗歌、信件、解释,甚至从事件的发生中推拟出来的投射性意象——之间具有一种交错关涉的关系。莺莺在"春词"中浪漫想象这样的图景:花影摇曳,让她疑心是否情人到来;据此,我们有理由怀疑,莺莺之访张生是在演出她事前已经构想好的浪漫情景。张生写下《会真诗》,接受并参与了莺莺版的浪漫叙事(这与张生当初预想的诱引叙事非常不同)之中。只有在收到张生的诗,确认他参与了自己的叙事之后,莺莺才肯再与张生幽会。

然而,还有一个重要的问题。《会真诗》没有作完,它也必得处于未完成状态。在巫山女神的故事以及随后派生的仙女选择凡间情人的故事中,最终,世间的男子被抛弃,在无望中等待。在两人关系的这一阶段,张生显然不愿促成如此结局,而尽管这样的结局对莺莺自己拥有权力的想象或许有吸引力,但它与社会制度的法则相冲突,后者要求莺莺嫁给张生。

莺莺的母亲最初让莺莺出场,是为了刺激张生的欲望,提出求婚,现在则面临一场灾难。简短而模糊的一节文字掩盖了许多问题,我们确认的一点只是莺莺或她母亲希望张生使两人的关系规范化("就成之")。这种时刻,向我们显示了叙事中的沉默有时可以比言辞更有力。紧接着莺莺或其母建议张生与莺莺正式结婚之后,作品文本写到张生前往长安(缘由未明言),数月后回返。要张生正式与莺莺结婚的请求(已得到承认的血亲关系使两者的婚姻关系是可行的)表明,婚姻确是一个问题。对此,叙事中的沉默无言有力地说明了张生不打算这么做。而且,作品所表现的张生自由来去的情况,有力地表明张生现在掌控了整个故事。换句话说,神女可以在夜半时分来到,令男子享有她的垂爱,但我们现在面对的是一个完全不同的故事:男性可以自由如意地远行又归来。

> 无何,张生将之长安,先以情谕之。崔氏宛无难词,然而愁怨之容动人矣。将行之再夕,不复可见,而张生遂西下。数月,复游于蒲,会于崔氏者又累月。

在张生离去之前不见他,这是莺莺最后的勇敢尝试,以重获自己对故事的掌控,在这个版本中,莺莺是女神,而张生不过是一位卑微祈求的情人而已。莺莺的唯一权力就是在她自己选择的时刻到场或缺席。张生的行为证明他同样可以这么做。接着的一句"张生遂西下（长安）"，再次显示了叙事中的沉默是多么有力，也显示莺莺完全丧失了对情况的控制。文本叙事告诉我们她拒绝见张生，但没有提及张生的反应，只是说他离开了。尽管下文告诉我们，张生迷恋于莺莺，但他的浪漫快乐如今按照他提出的条件和他的时间表进行着："数月，复游于蒲。"《霍小玉传》中的李益十分无助，他困于两种冲突的律求之间，以致无法面对霍小玉；而与之形成对照，张生很乐意与莺莺幽会，在方便的时候玩浪漫的游戏。

张生第二次到蒲州，文本突出了莺莺的文学和音乐才能，这两者莺莺都不肯尽情向张生展示。这造成了一个拒绝张生进入的私人空间——既然张生现在已经得以接近莺莺的身体获取快乐。无论我们如何解释这一点，是解释成试图重新引起男性欲望的策略也好，还是解释成试图重新树立不受制于张生的身份个性也好，结果可以预期是一样的：张生"愈惑之"。虽然张生后来将莺莺形容成"尤物"，表达出对如果继续在一起的话将会面临的后果的恐惧，但显然这正是张生所期望于莺莺的。张生对莺莺丧失兴趣，就是因为她显现出依赖性和软弱，试图以负罪感拴住张生。真正的"尤物"应该能够完全令张生拜倒在裙下；莺莺只是暂时扮演了"尤物"而已，就如同她扮演神女。

张生的沉迷，是为时不永的快乐经验。紧接着宣告他从迷醉中醒来，叙述者告诉我们张生将去长安赴考。这一次，张生没有告知莺莺自己即将离去；是他在莺莺身边"愁叹"的时候，莺莺自己觉察到的。这是一个很有意思的时刻，我们第一次看到张生有了负罪感的痕迹,这负罪感最终将刺激张生做出自我辩解。张生从莺莺那里夺取主导故事的权力之后,负罪感替代了原来的欲望。

莺莺感觉到了张生的负罪感,继而利用了这一点。莺莺"怡声"对张生说,他的背叛是合宜的;接着她对张生的离愁表示关心,因而鼓琴以乐之。随后是精彩的鼓琴场景:莺莺突然中断演奏,逃离了舞台。这一音乐场景相当做作地把真情表现为隐藏在表面之下并最终冲破了表面控制的一种东西。但是,如何解读在此之前莺莺对张生行为的慰解:

> 始乱之,终弃之,固其宜矣。愚不敢恨。必也君乱之,君终之,君之惠也。则没身之誓,其有终矣。又何必深感于此行?

我们如何解释莺莺这种显而易见的感情伪饰(我们知道张生与我们一样能够清楚地看出这是种伪饰)?这是莺莺扮演一种角色的又一个例子,虽然她这次的角色并不打算令人信服。正如她写作的"春词",这里莺莺再次在表面现象和真实意图之间创造出了裂隙和倒错。如果是这样的话,她的中断演奏也同样富于戏剧性。

这时,我们必须记住这是一个男性叙事。作者元稹很可能就是故事中的张生;即使他不是,鉴于故事来自真实发生的事情,那么张生本人的叙述也是故事的来源。因此,对莺莺的再现(representation)是出于某种动机的,甚至莺莺的自我再现也是出自某种动机的。故事中的一切都不可信;其中每一再现(representation）的权威性都因为未曾言宣的动机而受到削弱。故事的叙述者频频展现莺莺言行背后存在着没有表达出来的欲望，他等于是在教给读者一种诠释模式，这种诠释模式可以扩大到整个叙事。如果所有表面的东西都是"假"的，也就是说它们是由隐藏的动机所塑造出来的，那么这样的一种再现形式便始终在导引我们回到"假"的基础——它存在于真实情感或"真"之中：莺莺的动机，她渴望拥有张生的爱，显然是真的，就如同叙述者为张生开脱的意愿是真的一样。但无论哪种情况，这样一种自私的真实感情，都不足以完全救赎莺莺和张生。

这些关于再现和动机的问题，在信件的部分得到了有力的展示。莺莺的信是唐代修辞技巧的完美典范，感情、修辞和优雅的恭敬在其中达到了精妙的平衡。我们可以将此信视为莺莺情感的纯真表达，我们也可以将此信视为一次富于心计的以负罪感留住张生的尝试。但我们现在应该已经学会了检视叙述者的动机，正如我们学会了检视莺莺的动机一样。我们学会了关注文本中的省略；比如张生给莺莺的信，作品中就未见载录。莺莺信中许多内容明显是在回应张生的信，但因为张生的信没有载录，我们对莺莺信的阅读就很不相同了。略微花些努力，通过阅读莺莺的回应，我们可以重构张生信中所写的内容。

张生作书"以广其意"，却没有说到他的信必定申明了对她的感情，正如她的信表明了对他的感情一样。他给她的礼物，正是男子赠予情人的那种；她的礼物不过是对此的回报。现在作品中所表现的她的单方面热情，实际上带有平等交换的痕迹。这里，有些东西受到了压抑——但压抑得不那么彻底。我们不能忽视叙述者的动机留下的蛛丝马迹，正如我们不能忽视莺莺的动机一样。

　　为什么叙述者说莺莺的信只是"粗载于此"？"粗"意味着这里的书信文本是不完整的，经过了重构的，或者是未完的。书信文本本身决不能称之为"粗"，它不是一份概要式的文字，而是得到充分开展的情书，是妻子写给丈夫的那种信。在这封信里我们读出许多莺莺的动机和个性，在何种程度上可以承认这是一份经过了重新建构的文本？

　　在《莺莺传》全篇中，我们都可以看到文化角色和真实情感之间的裂隙。文本叙事产生了其他那些同样包含在中唐文学创作中的东西：强有力而又含混暧昧的"真人"，他们不同于他们所扮演的角色——他们利用那些角色，被那些角色所困，抗拒那些角色。我们不知道世上的人们果真是如何的，但我们可以了解他们是如何被表现出来的。这些"真人"应该占据首要位置，而他们扮演的角色和展现出来的形象则应该是次要的。但在再现（representation）的层面上，"真人"却是次要的现象，造成这些"真人"的，是文化角色与形象的破裂，是对这些角色和形象进行的反讽性描述，或者，是把这些角色和形象归结为被错置的私人动机。莺莺书信的合规有礼与其急切敦促之间的分裂，完美地体现了这样的一个过程。书信中所扮演的种种角色和它采取的种种策略，提醒读者"此中有人，呼之欲出"，引导读者趋向文本背后"那个人"的动机。这封书信让张生感到负罪，它哄诱张生，最后则展现出一个充满关怀的妻子的姿态，担心他是否会受寒，敦促他保重身体。如此建构起来的"那个人"是暧昧不定的，可以适应许多种诠释：她或许是一个绝望的年轻女子，挣扎在爱恨纠结之间；她或许天性喜欢算计和操纵他人；她或许是危险的"尤物",她的善变不可理喻。但无论她是怎样的人,她显然不是透明的,她和她的言语并不一致。

她告诉张生要"慎言自保"。这原本是书信中常见的客套话,但随即居然成为现实的预兆。因为紧接着,作品文本就告诉我们张生将此信在朋友们中间传阅,他们的恋爱事件变得广为人知。在世界文学中,这如果不是一个有意的精彩反讽,就是叙述盲点的极好例子。如果记得《霍小玉传》,我们就会注意到,张生与李益一样,缔结了一场情缘,而后又背叛了自己的情人。此外,张生的情人完全可以成为他的合法妻子,也没有任何迹象显示张生别有婚约。泄露他们之间的恋情,使张生面对李益所不得不承受的那种批评。张生朋友们的诗中,对此事的反应,强烈暗示了大家对莺莺的同情——尽管叙述者以详尽的解释,花费了很大的气力向我们宣告公众舆论最终转到了张生这一边。

故事的这一段,让我们对唐代公众与私人之间的界限产生疑惑。我们或许记得故事开始的时候,张生的朋友们沉湎纵酒淫乐的时候,张生的洁身自持(唐代有歌伎参与的派对中,性爱是半公开的,情人们常常成双成对醉入花丛)。张生早先的行为受到过诘问,而现在传阅莺莺的信,公开他的情事,张生证实了自己当初的宣言,也向朋友们证明了自己的男子气概。这场情事令人"耸异",而张生泄露此事,便将故事置于一个再现的世界(a world of representations)之中——许多唐代传奇作品后面的那个由流言、诗歌、故事和月旦品评所构成的世界。然而,张生似乎不太明白在派对上花钱买来的性爱和玷污自己表妹这两者之间有何区别。他也并不顾虑莺莺会面临的后果。莺莺由浪漫文化的法则赢得了显而易见的同情,针对于此,张生必须为自己的背叛做出合理的辩护。

最后可以完成他"未毕"的《会真诗》了。中唐时代,以诗歌(无论是绝句还是长篇歌行)传写浪漫故事,非常流行,从杨贵妃到李娃以及许多其他的故事,包括莺莺的故事。散文化叙事常常可以对人的所作所为进行复杂而精细的描述;而诗歌虽然自有许多优点,却将这些复杂之处抹平,把它们变成被单纯化的角色。白居易在《长恨歌》中就没有告诉读者《长恨传》中提及的杨贵妃本是玄宗儿媳的事实。杨巨源的绝句与此类似:莺莺书信的复杂性被简化成"肠断"两个字。

当它置身于这样一篇表现了复杂人性的故事之中,诗歌甚至比通常表现得更差些。元稹所"续"的《会真诗》,精细描绘了神女降临的神话,随后是无可避免的分离和相思,以及对神女遗迹表示出来的缱绻多情。我们不妨注意对他们的分离,诗是如何进行了一番"富于诗意"的加工和变形的:

> 方喜千年会,俄闻五夜穷。
> 留连时有限,缱绻意难终。
> 慢脸含愁态,芳词誓素衷。
> 赠环明运合,留结表心同。
> 啼粉流清镜,残灯远暗虫。
> 华光犹冉冉,旭日渐曈曈。
> 乘鹜还归洛,吹箫亦上嵩。
> 衣香犹染麝,枕腻尚残红。
> 幂幂临塘草,飘飘思渚蓬。
> 素琴鸣怨鹤,清汉望归鸿。

> 海阔诚难渡，天高不易冲。
> 行云无处所，萧史[1]在楼中。

诗歌把"白头偕老"的问题整个排除在二人关系之外，对造成他们分手的个人选择也没有做出任何暗示。诗歌将张生和莺莺困在一个他们无法逃脱的古老情节里面。在诗歌中两人的爱完全是平等的。但对于整个故事最有意味的变形在结尾处，张生被刻画成善吹箫者萧史，仍然在等待着自己的情人，而莺莺被描述为神女，抛开情人，一去无踪。[2]

散文化叙事和诗歌记叙差异如此之大，我们要疑惑这除了表达出极大的讽刺性之外，还能起到什么修辞效果。有证据表明元稹就是故事中的张生，但是我们还是不由得感到奇怪：这怎么可能？如果说元稹不是张生，那么这就是作者有意为之的毫不留情的讽刺；如果元稹就是张生，这便是不带讽刺的《我的上一任公爵夫人》（"My last Duchess"）。

"张之友闻之者，莫不耸异之，然而张志亦绝矣。"小小的一个"然"字，包含着丰富的被压抑的讯息。它告诉我们，张生的朋友们认为张生做错了，他们认为他应该娶莺莺。《霍小玉传》中如此强有力的浪漫文化法则，在《莺莺传》的背景中也是非常强大的。从张生感到为自己辩护的需要，从他必须援引"尤物害人"的传统观点来说服自己的朋友，我们可以看到被压抑的公众舆论裁决。张生的朋友们这一论点的反应是"深叹"。这"深叹"

---

[1] 萧史是秦穆公的女婿，他最后和妻子一起跨凤升天。
[2] 萧史也可能代表了莺莺的丈夫。

或许意味着赞同，但这是一种特别的赞同。显然，这种潜在具有暧昧性质的反应是不够的，人们对张生的行为不做出更明确的赞同表示，叙述者是不会就此结束故事的。

或许唯一挽救张生声誉的方法，就是把莺莺拉出怀想的沉郁之中，让她嫁人。这将有效地终结悬在张生头上的霍小玉式浪漫情节。莺莺曾以华美的文采写道：

> 如或达士略情，舍小从大，以先配为丑行，以要盟为可欺，则当骨化形销，丹诚不泯。因风委露，犹托清尘。存没之诚，言尽于此。

与莺莺动人的申言不同，我们读到："后岁余，崔已委身于人；张亦有所娶。"莺莺的结婚，不仅使我们脱离了浪漫世界，它还将浪漫情事框定为现实世界中一段短暂的越轨而已。

张生经过莺莺与丈夫所住的地方，他停留下来造访莺莺。经过了所有的事情，在莺莺结婚后，他为什么还要想与她见面？事情不是那么天真单纯的：张生"因其夫言于崔，求以外兄见"。需要明确说出张生见莺莺的前提条件——"以外兄见"——叙述者也就承认了这其中有问题，承认如果莺莺的丈夫知晓他们两人更深的隐然不现的关系，他就绝不会允许会面的发生。莺莺不知就里的丈夫传告莺莺说外兄想见她，莺莺拒绝了；而张生竟感到怨恼！莺莺知道后，在一时软弱中赋诗一绝，暗示她依然心仪张生。最后，她又写了一首绝句，这首绝句在把张生从他们的关系中释放出来是必须的，它除去了悬在张生头上的霍小玉式诅咒：

> 还将旧时意，怜取眼前人。

这时，张生终于赢得了他所寻求的众人的原谅："时人多许张为善补过者。予尝于朋会之中，往往及此意者。夫使知者不为，为之者不惑。"

《莺莺传》充满了种种诠释：既有涉及道德判断的诠释，诸如上述的男性社群的最终判断，也有那些超越了道德判断的诠释，诸如神女的浪漫故事。然而，从作品的中间部分开始，只有涉及道德判断的诠释依然在起作用。张生竭力在所发生的事情上打上自己的印迹，无论张生究竟是否即是元稹，毫无疑问，张生在某种程度上控制了构成故事的情节因素。

何以现代的读者——他们很乐意将绝大多数唐代传奇作品视为虚构——对把张生锁定为《莺莺传》作者本人如此兴味盎然？元稹，作为作者，特意将自己与张生做了区分："稹特与张厚，因征其词。"读者对作品作自传式诠释的冲动，或许是因为故事讲述得非常之好，让人怀疑其中隐藏了个人的利益和动机。这是一个令人感到困扰的故事，与唐代的其他所有作品都不一样。与那些虚构创作或由流言修饰成篇的作品相比较，这一叙述文本从来不会在张生的视野之外，假装明了莺莺的所思或所为。

我们永远也无法确认元稹是否就是真正的张生。我们甚至无法确定是否真有一位张生和一位莺莺构成了整个故事——尽管我们确实知道，这个故事当时很流行，不是元稹凭空创造出来的。如果元稹不是张生，那么他就是一位讽刺大师，把握着两种对立的价值观，同时却又破解它们。这样的一个元稹，对于传统道德观念和假装与之对立的虚假浪漫形象进行无情的剖析，在这一方面他当得起与福楼拜（Flaubert）齐肩并立。然而，如果元稹就是张生，那么他的自我辩护正好说明他完全不知道自己向读者揭示了什么。这第二个版本并不是没有说服力的：如果一个人过分努力用一种诠释压倒所有其他诠释，反而会使那些他不愿别人想到的因素变得更加有力和突出。一个人完全可以讲述一个故事，和他自以为在讲述的故事截然不同。如果我们认为元稹就是故事中的张生，那么他非常大声地告诉我们，所有人都同意他的观点，即莺莺是一个危险的"尤物"，他很幸运地从她的掌控中逃脱了。但是，我们没有任何理由相信这样的宣言，如果他总是如此小心地将自己与那个小说人物区分开来："稹特与张厚，因征其词。"

附录

后园居诗

（九首之三）

赵 翼

有客忽叩门，来送润笔需。
乞我做墓志，要我工为谀。
言政必龚黄，言学必程朱。
吾聊以为戏，如其意所须，
补缀成一篇，居然君子徒。
核诸其素行，十钧无一铢。
此文倘传后，孰能辨贤愚？
或且引为据，竟入史册摹。
乃知青史上，大半亦属诬。

霍小玉传

蒋　防

大历中，陇西李生名益，年二十，以进士擢第。其明年，拔萃，俟试于天官。夏六月，至长安，舍于新昌里。生门族清华，少有才思，丽词嘉句，时谓无双；先达丈人，翕然推伏。每自矜风调，思得佳偶，博求名妓，久而未谐。长安有媒鲍十一娘者，故薛驸马家青衣也；折券从良，十余年矣。性便辟，巧言语，豪家戚里，无不经过，追风挟策，推为渠帅。当受生诚托厚赂，意颇德之。经数月，李方闲居舍之南亭。申未间，忽闻叩门甚急，云是鲍十一娘至。摄衣从之，迎问曰："鲍卿今日何故忽然而来？"鲍笑曰："苏姑子作好梦也未？有一仙人，谪在下界，不邀财货，但慕风流。如此色目，共十郎相当矣。"生闻之惊跃，神飞体轻，引鲍手且拜且谢曰："一生作奴，死亦不惮。"因问其名居。鲍具说曰："故霍王小女，字小玉，王甚爱之。母曰净持。净持，即王之宠婢也。王之初薨，诸弟兄以其出自贱庶，不甚收录。因分与资财，遣居于外，易姓为郑氏，人亦不知其王女。姿质秾艳，一生未见，高情逸态，事事过人，音乐诗书，无不通解。昨遣某求一好儿郎格调相称者。某具说十郎。他亦知有李十郎名字，非常欢惬。住在胜业坊古寺曲，甫上车门宅是也。已与他作期约。明日午时，但至曲头觅桂子，即得矣。"鲍既去，生便备行计。遂令家童秋鸿,于从兄京兆参军尚公处假青骊驹,黄金勒。其夕,生浣衣沐浴,修饰容仪,喜跃交并,通夕不寐。迟明,巾帻,引镜自照,惟惧不谐也。徘徊之间,至于亭午。遂命驾疾驱,直抵胜业。至约之所,果见青衣立候,迎问曰:"莫是李十郎否?"即下马,令牵入屋底,急急锁门。见鲍果从内出来,遥笑曰:"何等儿郎,造次入此?"生调诮未毕,引入中门。庭间有四樱桃树;西北悬一鹦鹉笼,见生入来,即语曰:"有人入来,急下帘者!"生本性雅淡,心犹疑惧,忽见鸟语,愕然不敢进。逡巡,鲍引净持下阶相迎,延入对坐。年可四十余,绰约多姿,谈笑甚媚。因谓生曰:"素闻十郎才调风流,今又见仪容雅秀,名下固无虚士。某有一女子,虽拙教训,颜色不至丑陋,得配君子,颇为相宜。频见鲍十一娘说意旨,今亦便令承奉箕帚。"生谢曰:"鄙拙庸愚,不意顾盼,倘垂采录,生死为荣。"遂命酒馔,即令小玉自堂东阁子中而出。生即拜迎。但觉一室之中,若琼林玉树,互相照耀,转盼精彩射人。既而遂坐母侧,母谓曰:"汝尝爱念'开帘风动竹,疑是故人来'。即此十郎诗也。尔终日吟想,何如一见。"玉乃低鬟微笑,细语曰:"见面不如闻名。才子岂能无貌?"生遂连起拜曰:"小娘子爱才,鄙夫重色。两好相映,才貌相兼。"母女相顾而笑,遂举酒数巡。生起,请玉唱歌。初不肯,母固强之。发声清亮,曲度精奇。酒阑,及暝,鲍引生就西院憩息。闲庭邃宇,帘幕甚华。鲍令侍儿桂子浣沙与生脱靴解带。须臾,玉至,言叙温和,辞气宛媚。解罗衣之际,态有余妍,低帏昵枕,极其欢爱。生自以为巫山洛浦不过也。中宵之夜,玉忽流涕观生曰:"妾本倡家,自知非匹。今以色爱,托其仁贤。但虑一旦色衰,恩移情替,使女萝无托,秋扇见捐。极欢之际，不觉悲至。"生闻之，不胜感叹。乃引臂替枕，徐谓玉曰："平生志愿，今日获从，粉骨碎身，誓不相舍。夫人何发此言！请以素缣？著之盟约。"玉因收泪，命侍儿樱桃褰幄执烛，授生笔研。玉管弦之暇，雅好诗书，筐箱笔研，皆王家之旧物。遂取绣囊，出越姬乌丝栏素缣三尺以授生。生素多才思，援笔成章，引谕山河，指诚日月，句句恳切，闻之动人。染毕，命藏于宝箧之内。自尔婉娈相得，若翡翠之在云路也。如此二岁，日夜相从。其后年春，生以书判拔萃登科，授郑县主簿。至四月，将之官，便拜庆于东洛。长安亲戚，多就筵饯。时春物尚余，夏景初丽，酒阑宾散，离思萦怀。玉谓生曰："以君才地名声，人多景慕，愿结婚媾，固亦众矣。况堂有严亲，室无冢妇，君之此去，必就佳姻。盟约之言，徒虚语耳。然妾有短愿，欲辄指陈。永委君心，复能听否？"生惊怪曰："有何罪过，忽发此辞？试说所言，必当敬奉。"玉曰："妾年始十八，君才二十有二，迨君壮室之秋，犹有八岁。一生欢爱，愿毕此期。然后妙选高门，以谐秦晋，亦未为晚。妾便舍弃人事，剪发披缁，夙昔之愿，于此足矣。"生且愧且感，不觉涕流。因谓玉曰："皎日之誓，死生以之，与卿偕老，犹恐未惬素志，岂敢辄有二三。固请不疑，但端居相待。至八月，必当却到华州，寻使奉迎，相见非远。"更数日，生遂诀别东去。到任旬日，求假往东都觐亲。未至家日，太夫人已与商量表妹卢氏，言约已定。太夫人素严毅，生逡巡不敢辞让，遂就礼谢，便有近期。卢亦甲族也，嫁女于他门，聘财必以百万为约，不满此数，义在不行。生家素贫，事须求贷，便托假故，远投亲知，涉历江淮，自秋及夏。生自以孤负盟约，大愆回期。寂不知闻，欲断其望。遥托亲故，不遗漏言。玉自生逾期，数访音信。虚词诡说，日日不同。博求师巫，遍询卜筮，怀忧抱恨，周岁有余，羸卧空闺，遂成沉疾。虽生之书题竟绝，而玉之想望不移，赂遗亲知，使通消息。寻求既切，资用屡空，往往私令侍婢潜卖箧中服玩之物，多托于西市寄附铺侯景先家货卖。曾令侍婢浣沙将紫玉钗一只，诣景先家货之。路逢内作老玉工，见浣沙所执，前来认之曰："此钗，吾所作也。昔岁霍王小女将欲上鬟，令我作此，酬我万钱。我尝不忘。汝是何人，从何而得？"浣沙曰："我小娘子，即霍王女也。家事破散，失身于人。夫婿昨向东都，更无消息。悒怏成疾，今欲二年。令我卖此，赂遗于人，使求音信。"玉工凄然下泣曰："贵人男女，失机落节，一至于此。我残年向尽，见此盛衰，不胜伤感。"遂引至延先公主宅，具言前事。公主亦为之悲叹良久，给钱十二万焉。时生所定卢氏女在长安，生既毕于聘财，还归郑县。其年腊月，又请假入城就亲。潜卜静居，不令人知。有明经崔允明者，生之中表弟也。性甚长厚，昔岁常与生同欢于郑氏之室，杯盘笑语，曾不相间。每得生信，必诚告于玉。玉常以薪刍衣服，资给于崔。崔颇感之。生既至，崔具以诚告玉。玉恨叹曰："天下岂有是事乎！"遍请亲朋，多方召致。生自以愆期负约，又知玉疾候沉绵，惭耻忍割，终不肯往。晨出暮归，欲以回避。玉日夜涕泣，都忘寝食，期一相见，竟无因由。冤愤益深，委顿床枕。自是长安中稍有知者。风流之士，共感玉之多情；豪侠之伦，皆怒生之薄行。时已三月，人多春游。生与同辈五六人诣崇敬寺玩牡丹花，步于西廊，递吟诗句。有京兆韦夏卿者，生之密友，时亦同行。谓生曰："风光甚丽，草木荣华。伤哉郑卿，衔冤空室！足下终能弃置，实是忍人。丈夫之心，不宜如此。足下宜为思之!"叹让之际，忽有一豪士，衣轻黄纻衫，挟弓弹，丰神隽美，衣服轻华，唯有一剪头胡雏从后，潜行而听之。俄而前揖生曰："公非李十郎者乎？某族本山东，姻连外戚。虽乏文藻，心尝乐贤。仰公声华，常思觐止。今日幸会，得睹清扬。某之敝居，去此不远，亦有声乐，足以娱情。妖姬八九人，骏马十数匹，唯公所欲。但愿一过。"生之侪辈，共聆斯语，更相叹美。因与豪士策马同行，疾转数坊，遂至胜业。生以近郑之所止，意不欲过，便托事故，欲回马首。豪士曰："敝居咫尺，忍相弃乎？"乃挽挟其马，牵引而行。迁延之间，已及郑曲。生神情恍惚，鞭马欲回。豪士遽命奴仆数人，抱持而进。疾走推入车门，便令锁却，报云："李十郎至也!"一家惊喜，声闻于外。先此一夕，玉梦黄衫丈夫抱生来，至席，使玉脱鞋。惊寤而告母。因自解曰："鞋者，谐也。夫妇再合。脱者，解也。既合而解，亦当永诀。由此征之，必遂相见，相见之后，当死矣。"凌晨，请母梳妆。母以其久病，心意惑乱，不甚信之。黾勉之间，强为妆梳。妆梳才毕，而生果至。玉沉绵日久，转侧须人。忽闻生来，欻然自起，更衣而出，恍若有神。遂与生相见，含怒凝视，不复有言。羸质娇姿，如不胜致，时复掩袂，返顾李生。感物伤人，坐皆欷歔。顷之，有酒肴数十盘，自外而来。一座惊视，遽问其故，悉是豪士之所致也。因遂陈设，相就而坐。玉乃侧身转面，斜视生良久，遂举杯酒，酬地曰："我为女子，薄命如斯。君是丈夫，负心若此。韶颜稚齿，饮恨而终。慈母在堂，不能供养。绮罗弦管，从此永休。征痛黄泉，皆君所致。李君李君，今当永诀！我死之后，必为厉鬼，使君妻妾，终日不安!"乃引左手握生臂，掷杯于地，长恸号哭数声而绝。母乃举尸，寘于生怀，令唤之，遂不复苏矣。生为之缟素，旦夕哭泣甚哀。将葬之夕，生忽见玉穗帷之中，容貌妍丽，宛若平生。着石榴裙，紫裆裆，红绿帔子。斜身倚帷，手引绣带，顾谓生曰："愧君相送，尚有余情。幽冥之中，能不感叹。"言毕，遂不复见。明日，葬于长安御宿原。生至墓所，尽哀而返。后月余，就礼于卢氏。伤情感物，郁郁不乐。夏五月，与卢氏偕行，归于郑县。至县旬日，生方与卢氏寝，忽帐外叱叱作声。生惊视之，则见一男子，年可二十余，姿状温美，藏身暎幔，连招卢氏。生惶遽走起，绕幔数匝，倏然不见。生自此心怀疑恶，猜忌万端，夫妻之间，无聊生矣。或有亲情，曲相劝喻。生意稍解。后旬日，生复自外归，卢氏方鼓琴于床，忽见自门抛一斑犀钿花合子，方圆一寸余，中有轻绢，作同心结，坠于卢氏怀中。生开而视之，见相思子二，叩头虫一，发杀觜一，驴驹媚少许。生当时愤怒叫吼，声如豺虎，引琴撞击其妻，诘令实告。卢氏亦终不自明。尔后往往暴加捶楚，备诸毒虐，竟讼于公庭而遣之。卢氏既出，生或侍婢媵妾之属，暂同枕席，便加妒忌。或有因而杀之者。生尝游广陵，得名姬曰营十一娘者，容态润媚，生甚悦之。每相对坐，尝谓营曰："我尝于某处得某姬，犯某事，我以某法杀之。"日日陈说，欲令惧己，以肃清闺门。出则以浴斛覆营于床，周回封署，归必详视，然后乃开。又畜一短剑，甚利，顾谓侍婢曰："此信州葛溪铁，唯断作罪过头！"大凡生所见妇人，辄加猜忌，至于三娶，率皆如初焉。

（收录自《唐人小说》，汪辟疆据《太平广记》校录）

莺莺传

元 稹

贞元中,有张生者,性温茂,美风容,内秉坚孤,非礼不可入。或朋从游宴,扰杂其间,他人皆汹汹拳拳,若将不及,张生容顺而已,终不能乱。以是年二十三,未尝近女色。知者诘之。谢而言曰:"登徒子非好色者,是有凶行。余真好色者,而适不我值。何以言之?大凡物之尤者,未尝不留连于心,是知其非忘情者也。"诘者识之。无几何,张生游于蒲。蒲之东十余里,有僧舍曰普救寺,张生寓焉。适有崔氏孀妇,将归长安,路出于蒲,亦止兹寺。崔氏妇,郑女也。张出于郑,绪其亲,乃异派之从母。是岁,浑瑊薨于蒲。有中人丁文雅,不善于军,军人因丧而扰,大掠蒲人。崔氏之家,财产甚厚,多奴仆。旅寓惶骇,不知所托。先是,张与蒲将之党有善,请吏护之,遂不及于难。十余日,廉使杜确将天子命以总戎节,令于军,军由是戢。郑厚张之德甚,因饰馔以命张,中堂宴之,复谓张曰:"姨之孤嫠未亡,提携幼稚。不幸属师徒大溃,实不保其身。弱子幼女,犹君之生。岂可比常恩哉!今俾以仁兄礼奉见,冀所以报恩也。"命其子曰欢郎,可十余岁,容甚温美。次命女:"出拜尔兄,尔兄活尔。"久之,辞疾。郑怒曰:"张兄保尔之命。不然,尔且虏矣。能复远嫌乎?"久之,乃至。常服悴容,不加新饰,垂鬟接黛,双脸销红而已。颜色艳异，光辉动人。张惊，为之礼。因坐郑旁，以郑之抑而见也，凝睇怨绝，若不胜其体者。问其年纪。郑曰："今天子甲子岁之七月，终于贞元庚辰，生年十七矣。"张生稍以词导之，不对。终席而罢。张自是惑之，愿致其情，无由得也。崔之婢曰红娘。生私为之礼者数四，乘间遂道其衷。婢果惊沮，腆然而奔。张生悔之。翌日，婢复至。张生乃羞而谢之，不复云所求矣。婢因谓张曰："郎之言，所不敢言，亦不敢泄。然而崔之姻族，君所详也。何不因其德而求娶焉？"张曰："余始自孩提，性不苟合。或时纨绮闲居，曾莫流盼。不为当年，终有所蔽。昨日一席间，几不自持。数日来，行忘止，食忘饱，恐不能逾旦暮，若因媒氏而娶，纳采问名，则三数月间，索我于枯鱼之肆矣。尔其谓我何？"婢曰："崔之贞慎自保，虽所尊不可以非语犯之。下人之谋，固难入矣。然而善属文，往往沉吟章句，怨慕者久之。君试为喻情诗以乱之。不然，则无由也。"张大喜，立缀春词二首以授之。是夕，红娘复至，持彩笺以授张，曰："崔所命也。"题其篇曰"明月三五夜"。其词曰："待月西厢下，迎风户半开。拂墙花影动，疑是玉人来。"张亦微喻其旨。是夕，岁二月旬有四日矣。崔之东有杏花一株，攀援可踰。既望之夕，张因梯其树而踰焉。达于西厢，则户半开矣。红娘寝于床。生因惊之。红娘骇曰："郎何以至？"张因绐之曰："崔氏之笺召我也，尔为我告之。"无几，红娘复来。连曰："至矣！至矣！"张生且喜且骇，必谓获济。及崔至，则端服严容，大数张曰："兄之恩，活我之家，厚矣。是以慈母以弱子幼女见托。奈何因不令之婢，致淫逸之词。始以护人之乱为义，而终掠乱以求之。是以乱易乱，其去几何？诚欲寝其词，则保人之奸，不义。明之于母，则背人之惠，不祥。将寄于婢仆，又惧不得发其真诚。是用托短章，愿自陈启。犹惧兄之见难，是用鄙靡之词，以求其必至。非礼之动，能不愧心。特愿以礼自持，毋及于乱！"言毕，翻然而逝。张自失者久之。复逾而出，于是绝望。数夕，张生临轩独寝，忽有人觉之。惊骇而起，则红娘敛衾携枕而至，抚张曰："至矣至矣！睡何为哉！"并枕重衾而去。张生拭目危坐久之，犹疑梦寐。然而修谨以俟。俄而红娘捧崔氏而至。至，则娇羞融冶，力不能运支体，曩时端庄，不复同矣。是夕，旬有八日也。斜月晶莹，幽辉半床。张生飘飘然，且疑神仙之徒，不谓从人间至矣。有顷，寺钟鸣，天将晓。红娘促去。崔氏娇啼宛转，红娘又捧之而去，终夕无一言。张生辨色而兴，自疑曰："岂其梦邪？"及明，睹妆在臂，香在衣，泪光荧荧然，犹莹于茵席而已。是后又十余日，杳不复知。张生赋"会真诗"三十韵，未毕，而红娘适至，因授之，以贻崔氏。自是复容之。朝隐而出，暮隐而入，同安于曩所谓西厢者，几一月矣。张生常诘郑氏之情。则曰："我不可奈何矣。"因欲就成之。无何，张生将之长安，先以情谕之。崔氏宛无难词，然而愁怨之容动人矣。将行之再夕，不复可见。而张生遂西下。数月，复游于蒲，会于崔氏者又累月。崔氏甚工刀札，善属文。求索再三，终不可见。往往张生自以文挑，亦不甚睹览。大略崔之出人者，艺必穷极，而貌若不知；言则敏辩，而寡于酬对。待张之意甚厚，然未尝以词继之。时愁艳幽邃，恒若不识，喜愠之容，亦罕形见。异时独夜操琴，愁弄凄恻。张窃听之。求之，则终不复鼓矣。以是愈惑之。张生俄以文调及期，又当西去。当去之夕，不复自言其情，愁叹于崔氏之侧。崔已阴知将诀矣，恭貌怡声，徐谓张曰："始乱之，终弃之，固其宜矣。愚不敢恨。必也君乱之，君终之，君之惠也。则没身之誓，其有终矣。又何必深感于此行？然而君既不怿，无以奉宁。君常谓我善鼓琴，向时羞颜，所不能及。今且往矣，既君此诚。"因命拂琴，鼓霓裳羽衣序，不数声，哀音怨乱，不复知其是曲也。左右皆欷歔。崔亦遽止之，投琴，泣下流连，趋归郑所，遂不复至。明旦而张行。明年，文战不胜，张遂止于京。因赠书于崔，以广其意。崔氏缄报之词，粗载于此，曰："捧览来问，抚爱过深。儿女之情，悲喜交集。兼惠花胜一合，口脂五寸，致耀首膏唇之饰。虽荷殊恩，谁复为容？睹物增怀，但积悲叹耳。伏承使于京中就业，进修之道，固在便安。但恨僻陋之人，永以遐弃。命也如此，知复何言！自去秋已来，常忽忽如有所失。于喧哗之下，或勉为语笑，闲宵自处，无不泪零。乃至梦寐之间，亦多感咽，离忧之思，绸缪缱绻，暂若寻常，幽会未终，惊魂已断。虽半衾如暖，而思之甚遥。一昨拜辞，倏逾旧岁。长安行乐之地，触绪牵情。何幸不忘幽微，眷念无致。鄙薄之志，无以奉酬。至于终始之盟，则固不忒。鄙昔中表相因，或同宴处。婢仆见诱，遂致私诚。儿女之心，不能自固。君子有援琴之挑，鄙人无投梭之拒。及荐寝席，义盛意深。愚陋之情，永谓终托。岂期既见君子，而不能定情。致有自献之羞，不复明侍巾帻。没身永恨，含叹何言！倘仁人用心，俯遂幽眇，虽死之日，犹生之年。如或达士略情，舍小从大，以先配为丑行，以要盟为可欺。则当骨化形销，丹诚不泯，因风委露，犹托清尘。存没之诚，言尽于此。临纸呜咽，情不能申。千万珍重，珍重千万！玉环一枚，是儿婴年所弄，寄充君子下体所佩。玉取其坚润不渝，环取其终始不绝。兼乱丝一绚，文竹茶碾子一枚。此数物不足见珍。意者欲君子如玉之真,弊志如环不解。泪痕在竹,愁绪萦丝。因物达情,永以为好耳。心迩身遐,拜会无期。幽愤所钟,千里神合。千万珍重!春风多厉,强饭为嘉。慎言自保,无以鄙为深念。"张生发其书于所知,由是时人多闻之。所善杨巨源好属词,因为赋"崔娘诗"一绝云:"清润潘郎玉不如,中庭蕙草雪销初。风流才子多春思,肠断萧娘一纸书。"河南元稹亦续生"会真诗"三十韵,诗曰:"微月透帘栊,荧光度碧空。遥天初缥缈,低树渐葱茏。龙吹过庭竹,鸾歌拂井桐。罗绡垂薄雾,环佩响轻风。绛节随金母,云心捧玉童。更深人悄悄,晨会雨濛濛。珠莹光文履,花明隐绣龙。瑶钗行彩凤,罗帔掩丹虹。言自瑶华蒲,将朝碧玉宫。因游洛城北,偶向宋家东。戏调初微拒,柔情已暗通。低鬟蝉影动,回步玉尘蒙。转面流花雪,登床抱绮丛。鸳鸯交颈舞,翡翠合欢笼。眉黛羞偏聚,唇朱暖更融。气清兰蕊馥,肤润玉肌丰。无力慵移腕,多娇爱敛躬。汗流珠点点,发乱绿葱葱,方喜千年会,俄闻五夜穷。留连时有恨,缱绻意难终。慢脸含愁态,芳词誓素衷。赠环明运合,留结表心同。啼粉流宵镜,残灯远暗虫。华光犹冉冉,旭日渐曈曈。乘鹜还归洛,吹箫亦上嵩。衣香犹染麝,枕腻尚残红。幂幂临塘草,飘飘思渚蓬。素琴鸣怨鹤,清汉望归鸿。海阔诚难渡,天高不易冲。行云无处所,萧史在楼中。"张之友闻之者,莫不耸异之,然而张志亦绝矣。稹特与张厚,因征其词。张曰:"大凡天之所命尤物也,不妖其身,必妖于人。使崔氏子遇合富贵,乘宠娇,不为云,为雨,则为蛟,为螭,吾不知其变化矣。昔殷之辛,周之幽,据百万之国,其势甚厚。然而一女子败之。溃其众,屠其身,至今为天下僇笑。予之德不足以胜妖孽,是用忍情。"于时坐者皆为深叹。后岁余，崔已委身于人，张亦有所娶。适经所居，乃因其夫言于崔，求以外兄见。夫语之，而崔终不为出。张怨念之诚，动于颜色，崔知之，潜赋一章，词曰："自从消瘦灭容光，万转千回懒下床。不为旁人羞不起，为郎憔悴却羞郎。"竟不之见。后数日，张生将行，又赋一章以谢绝云："弃置今何道，当时且自亲。还将旧时意，怜取眼前人。"自是，绝不复知矣。时人多许张为善补过者。予尝于朋会之中，往往及此意者，夫使知者不为，为之者不惑。贞元岁九月，执事李公垂宿于予靖安里第，语及于是，公垂卓然称异，遂为"莺莺歌"以传之。崔氏小名莺莺，公垂以命篇。

（收录自《唐人小说》，汪辟疆据《太平广记》校录）

译后记

《中国"中世纪"的终结：中唐文学文化论集》是宇文所安教授1996年出版的一部著作，包括一篇导论和七篇论文，并附录了三篇古典诗歌、传奇作品的英译。全书在所探讨的时序上似乎延续了《初唐诗》、《盛唐诗》，其旨趣则大有不同；它的篇幅较之宇文教授的前两部著作要小得多，而涉及的论题之广且大，可谓有过之而无不及。至于各篇的要义，宇文教授在导论中现身说法，已有揭示，此处也就毋庸辞费了。

本书的中译是我与陈磊合作完成的。陈磊译出导论和前三章；我负责后四章，需要说明，其中的第五章曾由现在美国求学而当时在复旦从我读书的郭茜进行过初译，而我做了近乎重译的工作。全部译稿完成后，田晓菲女史细致校阅修缮一过，她的工作是重要而具有权威性的，我们对此深致谢意。

回想与陈磊久别后重会哈佛，在Vanserg的common room坐聊包括宇文所安教授的著作在内的北美中国文学研究，至今又已五年多了；时下我们分处大洋两岸，但相信完成合作的愉快心情是一样的。

陈引驰
2005年10月于上海